Dominik

Queer Docs

Impressum:

Devan Freeman
Dominik
Queer Docs Band 6
1. Auflage, August 2020

Devan77freeman@gmail.com

ISBN-13: 978-3-947651-31-3
Impressum:
M. Schmidt
Fraunhofer Straße 21
10587 Berlin
Devan77freeman@gmail.com

Herausgegeben von
M. Schmidt
Fraunhofer Straße 21
10587 Berlin
Devan77freeman@gmail.com

Druck:
Printed in Germany by Amazon Distribution GmbH, Leipzig

Umschlaggestaltung:
Devan Freeman unter Verwendung folgender Abbildungen:
prince-edward-island-2813018_1920 von Shel Wen auf Pixabay
1070289329, 1484657792 und 1491687830, Shutterstock
Landkarte Prince Edward Island: 792019042, Shutterstock

Devan Freeman

Dominik

Queer Docs
Band 6

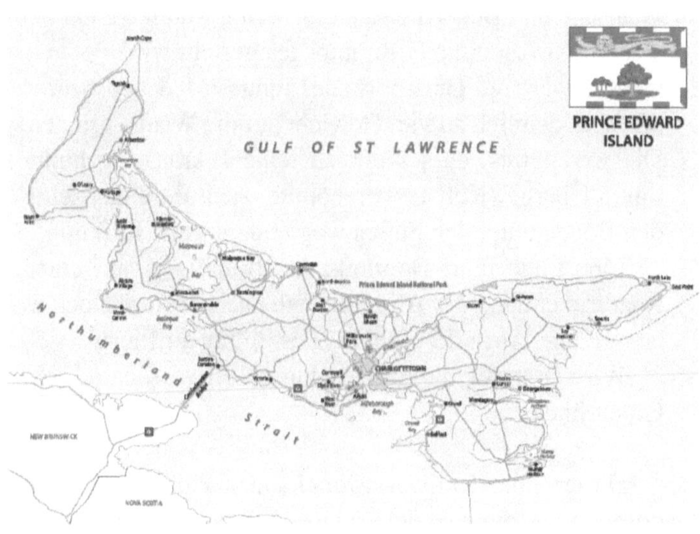

Das Buch

Gay Romance – eine Lüge, ein Roadtrip, ein Freundschaftsdienst und ein Happy End.

Frustriert von der Liebe kehrt Dominik Berlin und seiner Karriere den Rücken, um in der kleinsten Provinz Kanadas zu arbeiten. Seine Arbeit als Neurologe und die landschaftliche Idylle auf Prince Edward Island lassen ihn zur Ruhe kommen. Als er es wagt, sich Jacob, dem Bruder einer Patientin, zu öffnen, wird er erneut bitter enttäuscht.

Jacob hatte sich sein Leben anders vorgestellt, doch seit dem frühen Tod ihrer Eltern kümmert er sich um seine Schwester Ava, seine Großmutter und die Autowerkstatt, die sein Vater ihm hinterlassen hat. Für seine eigenen Wünsche und Bedürfnisse bleibt wenig Raum, zumal bei seiner Schwester ein Hirntumor festgestellt wird.

Ava wäre ein ganz normales junges Mädchen, würde sie nicht deutlich zu viel Gewicht auf die Waage bringen. Die Erkenntnis, dass vielleicht eine Erkrankung hinter ihrem Übergewicht stecken könnte, zieht ihr gleichzeitig den Boden unter den Füßen weg und gibt ihr Hoffnung.

Eine Lüge führt Dominik, Jacob und Ava auf einen Roadtrip entlang der Atlantikküste nach Boston. Doch es ist nur eine Frage der Zeit, bis der Betrug auffliegt.

Wird Dominik die Enttäuschung überwinden und sein Glück finden?

Dieser Band der *Queer Docs* kann unabhängig von den vorherigen Romanen gelesen werden, wenn auch Samuel und Jerko ihrem ehemaligen Kollegen Dominik einen Besuch abstatten.

Inhaltsverzeichnis:

FALSCH VERBUNDEN

Jacob

„Bist du fertig, Ava?“ Jacob nahm eine Tasse aus dem Schrank, der Kaffee war durchgelaufen.

„Gleich.“

Aus Erfahrung wusste Jacob, dass er sich noch eine Weile gedulden musste, bis seine Schwester in der Küche auftauchen würde. Sie würden zu spät kommen, wie fast jeden Tag. Zu allem Überfluss schneite es, es war der erste Schnee in diesem Winter und die graue, schlierige Masse auf der Straße würde die Fahrt zur Schule nicht beschleunigen. Jacob hatte aufgehört, Ava anzutreiben und versuchte, sich nicht mehr darüber aufzuregen, wenn ihre Lehrerin anrief, um ihn wieder einmal darauf hinzuweisen, dass Ava pünktlich zum Unterricht zu erscheinen habe. Jacob wusste, wie schrecklich es für sie war, zwischen ihren Mitschülern über den Schulhof zu gehen. Sie zog diesem Spießrutenlauf einen leeren Hof, verbunden mit einer Zurechtweisung durch ihre Klassenlehrerin, vor. Jacob konnte das nachvollziehen. Er setzte sich, trank einen Schluck und scrollte auf seinem Smartphone durch die Emails. Das Telefon klingelte. Er angelte nach dem Hörer, der auf der Anrichte lag, während er stirnrunzelnd eine Mahnung von einem Zulieferer las. Das Geld für die Bremsscheibe, die er vor ein paar Wochen in einen Dodge Caravan eingebaut hatte, war doch bereits bezahlt. „Ja?“, fragte er in den Hörer, während er weiter scrollte, um die ursprüngliche Rechnung zu suchen. Er war sich sicher, dass er sie an dem Tag, an dem er sie erhalten, auch beglichen hatte.

„Was für eine unreife, bescheuerte Aktion war das denn?“, rief eine aufgebrachte Stimme in den Hörer. „Wenn du schon den Racheengel spielen musst, dann wenigstens, ohne andere zu schädigen.“

„Wer ist denn da?“, fragte Jacob.

„Jetzt tu nicht auch noch so unschuldig. Du weißt genau, dass Maggie und Paul darauf angewiesen sind, mit mir zur Arbeit zu fahren, und jetzt kommen wir alle zu spät, weil du meine Reifen zerstochen hast. Und die Patienten müssen auch warten. Mit Sicherheit können sie nichts dafür, dass ich so blöd war, mich auf dich einzulassen.“

„Deine Reifen zerstochen?“ Jacob runzelte die Stirn. Er hatte keine Reifen zerstochen. Der wütende Mann am anderen Ende der Leitung mit diesem seltsamen Akzent musste falsch verbunden sein. Was Jacob allerdings am meisten irritierte, war, dass er davon sprach, sich auf ihn eingelassen zu haben. An seiner Stimme musste er doch gehört haben, dass er auch ein Mann war.

„Du warst das doch?“ Jacob konnte Unsicherheit mitschwingen hören. „Ich verstehe ja, dass du sauer bist. Aber du musst auch verstehen, dass ich mich nicht von dir im Schrank verstecken lassen möchte.“

Jacob horchte auf. Also ging es tatsächlich um einen anderen Mann. Kurz kämpfte er mit sich. Seine Neugier war groß, aber er musste ihn über das Missverständnis aufklären, bevor er anfing, intime Details preiszugeben.

Diese Peinlichkeit wollte Jacob ihm ersparen. „Ich glaube, du bist falsch verbunden."

„Was? Wie? Du bist nicht Aaron?"

„Nein."

„Oh Gott, wie unangenehm! Entschuldige bitte, dass ich dich so angeschrien habe."

„Schon gut, es war ja nicht für mich bestimmt."

„Mann, wie blöd von mir. Wahrscheinlich habe ich mich in meiner Aufregung verwählt."

„Das kann passieren. Tut mir leid, dass deine Reifen zerstochen sind. Falls du eine gute Werkstatt suchst, die dir neue Reifen aufzieht, ich habe zufällig eine."

„Danke für das Angebot, aber ich glaube, dass wäre mir jetzt doch zu peinlich."

Jacob musste lachen. Das war erfrischend ehrlich. „Alles klar."

„Sorry, nochmal."

„Kein Problem und viel Glück."

„Danke."

Nun war der Zeitpunkt gekommen, aufzulegen. Doch Jacob schaffte es nicht, den roten Knopf zu drücken. Auch auf der anderen Seite der Leitung geschah nichts. Er hörte den leisen Atem des Mannes. „Tschüss", flüsterte er.

„Alles Gute." Es piepste in der Leitung und Jacob legte den Hörer weg. Avas schwere Schritte kündigten an, dass sie bereit war, zur Schule zu gehen.

„Können wir los?" Er lächelte Ava an.

Irritiert zog sie die Augenbrauen zusammen. Sie hatte wohl eher Vorwürfe erwartet, weil sie schon wieder zu spät war. Jacob fuhr sie zur Schule und anschließend in die Werkstatt. Während er sich mit ölverschmierten Händen über den Motor eines Ford Explorer beugte, summte er leise vor sich hin. Die Stimme des Mannes, der ihn an diesem Morgen versehentlich angerufen hatte, klang noch in seinem Ohr. Wie alt er wohl war? Der Stimme nach zu urteilen etwa in seinem Alter, wobei das täuschen konnte. Wie sah er aus? Wie war sein Name? Lebte er auch auf der Insel? Jacob grinste, als er an die Verlegenheit in der Stimme des Mannes dachte, nachdem er den Irrtum aufgeklärt hatte. Der Klang hatte ihm gefallen und etwas in ihm angerührt, das er schon lange nicht mehr verspürt hatte.

EIN SCHWIERIGER FALL

Sechs Monate später

Dominik

„Als nächstes haben wir den Fall der fünfzehnjährigen Ava. Dr. Baumann, stellen Sie die Patientin bitte vor?"

Dominik stand auf und ging nach vorn, während seine Präsentation im Computer aufgerufen wurde. Einmal im Monat fand in der Klinik eine interdisziplinäre Fallbesprechung statt, bei der komplizierte Patienten vorgestellt wurden. Er hatte sich dazu entschlossen, von dem jungen Mädchen zu berichten, das er vor ein paar Tagen von der neurologischen Station entlassen hatte, nachdem sie dort zwei Wochen lang untersucht worden war. Seit er begonnen hatte, als Arzt zu arbeiten, hatte er schon viel Leid gesehen, doch Avas Geschichte berührte ihn besonders. Vielleicht, weil sie noch so jung war und vielleicht auch, weil sie nicht so lange hätte leiden müssen, wenn jemand ihre Krankheit früher diagnostiziert hätte. „Bei Ava hat sich über mehrere Jahre hinweg ein klassisches Cushing-Syndrom entwickelt. Es wurde nicht erkannt, sondern sie wurde vom Hausarzt lediglich gegen Diabetes und Bluthochdruck behandelt.

Vor gut zwei Wochen hat sie Gesichtsfeldausfälle entwickelt und wurde bei uns aufgenommen."

Dominik rief das MRT-Bild des Schädels auf und zeigte mit dem Laserpointer auf den Hypophysenvorderlappen. „Die Kernspintomographie des Schädels hat diesen Tumor an der Hypophyse ergeben, der mittlerweile den Sehnerv einengt, und ich wollte zur Diskussion stellen, welche Therapiemöglichkeiten wir haben."

Dominiks Chef, Professor Moulder, meldete sich zu Wort. „Meiner Ansicht nach ist der Tumor inoperabel und ich würde zur Bestrahlung raten."

Der Neurochirurg aus Halifax, der sich per Videokonferenz zugeschaltet hatte, stimmte Professor Moulder zu.

„Die Bestrahlung kann langfristig zu Gedächtnisausfällen führen, was man bei einem jungen Mädchen wie Ava gerne vermeiden möchte", gab der Strahlentherapeut zu bedenken. „Allerdings liegt der Tumor für eine operative Entfernung wirklich sehr ungünstig. Nur wenige Operateure würden sich an diese Lokalisation wagen und die Operation birgt auch zahlreiche Risiken."

„Vielleicht sollten wir Ava bei Professor Zjang in Boston vorstellen", schlug Dominik vor. „Wenn jemand sie operieren könnte, dann er." Dominik war kein Neurochirurg, sondern Neurologe, doch er hatte die Literatur nach Fallbeispielen zu schwierigen neurochirurgischen Eingriffen durchforstet. Er war auf einige weitere Fälle von Hypophysentumoren gestoßen, die zunächst als inoperabel eingestuft worden waren und dann doch noch erfolgreich operiert werden konnten. Dominik kannte Professor Zjang persönlich, er hatte ihn bereits bei mehreren Konferenzen getroffen. Als er noch in Berlin gearbeitet hatte, war er wissenschaftlich sehr aktiv gewesen und hatte seine Arbeiten auf internationalen Kongressen vorgestellt. Professor Zjang war einer der bedeutendsten Neurochirurgen an der Ostküste und vielleicht würde er einen Weg finden, Ava zu operieren.

Professor Moulder schüttelte den Kopf. „Ich denke nicht, dass dieses Vorgehen sinnvoll ist, zumal es sich immer schwierig gestaltet, eine Operation in den USA bezahlt zu bekommen. Die Versicherung würde nicht viel übernehmen."

„Professor Zjang operiert gelegentlich pro bono, dann müsste die Familie nur die Kosten für den stationären Aufenthalt bezahlen", meinte Dominik. Allerdings war er besorgt, dass auch diese Kosten zu hoch für die Familie sein könnten, denn Ava war eine Waise, ihr Bruder und ihre Großmutter kümmerten sich um sie.

„Professor Zjang ist sicher auf Monate hinaus ausgelastet und hat keine Kapazität. Ich spreche mit der Familie und wir übergeben sie der Strahlentherapie zur Therapieplanung." Das Gespräch war für seinen Chef beendet.

Dominik nickte, doch er hatte ein flaues Gefühl im Magen. Eigentlich war er anderer Meinung und sollte seinen Chef weiterbearbeiten und nicht einfach die Entscheidung akzeptieren, die er getroffen hatte. Ava tat ihm leid, sie hatte in ihrem kurzen Leben schon viel mitgemacht. Wie ihr Bruder erzählt hatte, waren ihre Eltern bei einem Autounfall ums Leben gekommen, als Ava acht Jahre alt gewesen war, und ihr Leidensweg durch die unerkannte Krankheit zog sich auch schon über viele Jahre. Bei seinem alten Chef, Professor Blunt, hätte er kein Problem damit gehabt, die Angelegenheit zu diskutieren. Doch Professor Moulder war erst seit wenigen Monaten sein Vorgesetzter und er war bereits in der vergangenen Woche wegen einer Meinungsverschiedenheit mit ihm aneinandergeraten. Professor Moulder hatte nicht besonders sportlich auf seinen Widerspruchsgeist reagiert. Mit seiner frechen Berliner Schnauze war Dominik in Kanada schon mehrmals auf besagtes Körperteil gefallen.

Nachdenklich ging er zurück auf die Station, um Visite zu machen. Professor Moulder hatte ihn vorhin wieder so ungehalten angesehen, als sei seine bloße Anwesenheit eine Zumutung. Das waren die Momente, in denen er sich die Frage stellte, ob er nicht einen riesigen Fehler gemacht hatte, als er sein Leben komplett umgekrempelt hatte und auf die andere Seite des Atlantiks gezogen war.

Zwei Stunden später fuhr er vom Parkplatz über die wenig befahrene Landstraße vom Süden der Insel in den Norden. Die Fahrt dauerte nur eine halbe Stunde und er nahm das tägliche Pendeln gerne auf sich, um an einem der schönsten Orte der Insel zu leben. Sein Handy klingelte.

„Hallo, Maggie."

„Wir möchten joggen gehen und wollten fragen, ob es sich lohnt, auf dich zu warten."

„Ich brauche nur noch zehn Minuten und würde gerne mitlaufen."

„Super, dann bis gleich."

Es war erst siebzehn Uhr und der ganze Nachmittag lag noch vor ihm. Er freute sich, mit Maggie und ihrem Mann Paul, seinen beiden Mitbewohnern, laufen zu gehen. In Berlin war er so gut wie nie vor einundzwanzig Uhr nach Hause gekommen. Damals hatte er es auch nicht vermisst, aber mittlerweile genoss er es, ein Leben außerhalb der Klinik zu haben. Er fuhr an den Feldern entlang, die sich wie abgesteckt über die Fläche ausbreiteten. Auf den meisten der kleinen Parzellen wuchsen Kartoffeln, aber auch Karotten, Getreide und Mais wurden angebaut. Dazwischen lockerten Bäume, Büsche und kleine Bachläufe die Landschaft auf. Mal abgesehen von dem Ärger mit seinem neuen Chef, fühlte Dominik sich in der kleinsten Provinz Kanadas wohl.

Er bog auf den Parkplatz vor dem grün gestrichenen Häuschen mit den weißen Fensterläden und Türen, das ihm seit einem guten Jahr zur Hälfte gehörte. Maggie und Paul besaßen die andere Hälfte. Nur die Küstenstraße trennte es vom Meer und vom oberen Stockwerk aus, das er bewohnte, hatte man einen traumhaften Blick auf die Weite des Atlantiks. Maggie, die eigentlich Margot hieß, kannte er schon, seit sie zwei Jahre alt gewesen war. Als sie damals mit ihren Eltern in das Reihenhaus neben ihnen gezogen war, war er vier Jahre alt gewesen und ihre Sandkastenfreundschaft hatte die Jahrzehnte überdauert.

Maggie und Paul waren auf der Veranda hinter dem Haus mit Dehnungsübungen beschäftigt, als Dominik seine Aktentasche in der Küche abstellte und einen Schluck Wasser trank. Er stieg über Butch, der auf der Türschwelle lag und strich durch sein schwarzbraunes, zotteliges Fell, bevor er Maggie mit einem Wangenküsschen begrüßte. „Danke, dass ihr auf mich gewartet habt. Ich ziehe mich nur noch schnell um."

„Beile dich, sonst hat Maggie mich fertiggemacht, noch bevor wir loslaufen", keuchte Paul, der auf einem Bein stand und Gleichgewichtsübungen machte. Das sah noch immer sehr unbeholfen aus und forderte Paul immense Konzentration und Kraft ab, wenn man ihm sonst auch kaum noch ansah, was für eine schwere Zeit er hinter sich hatte. Streng korrigierte Maggie seine Haltung und gab ihm die Anweisung für eine weitere Übung.

„Gib mir zwei Minuten.“ Dominik sprang die Treppe hoch und knöpfte unterwegs bereits sein Hemd auf. Wenig später stieg er in kurzer Hose, T-Shirt und Laufschuhen wieder über Butch. „Du kannst leider nicht mit, mein alter Junge.“ Butch hob kurz den Kopf, um ihn anzusehen, und legte ihn dann mit einem Schnauben wieder ab. Besonders unglücklich schien er nicht darüber zu sein. Der Neufundländer, den Paul nach dem Tod seiner Großmutter übernommen hatte, war nicht mehr der Jüngste und ein eher gemütlicher Zeitgenosse. Sie ließen die Verandatür offen und fuhren mit dem Auto zum Parkplatz des Nationalparks. Daran, dass man die Türen hier nicht verschloss, wenn man aus dem Haus ging, hatte Dominik sich erst gewöhnen müssen. Langsam fuhr er am Häuschen des Parkrangers vorbei und winkte ihm zu. Sie hatten ein Jahresticket für alle Nationalparks in Kanada und Cliff, der Ranger, der an diesem Nachmittag Dienst hatte, beugte sich vor. „Hi, Doc“, sagte er und nickte dann Paul zu, der neben Dominik auf dem Beifahrersitz saß. „Wie geht es dir?“

„Gut“, meinte Paul. „Solange ich dranbleibe, geht es voran. Und bei dir?“

„Könnte besser sein, aber ich habe weder deine Jugend noch deine eiserne Disziplin.“ Er tippte an den Schirm der Baseballkappe, die auf seinen langen grauen Haaren saß und winkte sie durch. Nach einem Schlaganfall war Cliff Dominiks Patient gewesen und er kannte Paul aus der ambulanten Rehabilitation. Wenig später liefen sie über den Holzsteg, der vom Parkplatz aus über die Dünen auf den Strand führte. Die Touristensaison hatte bereits begonnen und sie wichen den Familien mit kleinen Kindern aus, die bepackt mit Kühltaschen, Strandmatten und Schaufeln zurück zum Parkplatz marschierten. Durch den weichen Sand joggten sie zur Wasserlinie, wo sie nach Nordwesten in Richtung der sandigen Landzunge liefen, die die New London Bay vom Atlantik trennte. Nach ein paar Minuten hatten sie den Strand und das Meer ganz allein für sich. Sie waren ein eingespieltes Team und liefen mehrmals in der Woche zusammen. Vor einem Jahr hatten sie noch Rücksicht auf Paul nehmen müssen, doch mittlerweile trieb er sie an und bestimmte das Tempo. Allerdings korrigierte Maggie immer mal wieder seine Haltung, wenn er den Oberkörper leicht zur Seite neigte oder sein Gang unregelmäßig wurde.

Dominik bewunderte Pauls Kampfgeist und die Gelassenheit, mit der er Maggies ständige Korrekturen annahm. Dominik hätte schon längst die Geduld verloren und er konnte sich auch nicht vorstellen, eine Beziehung mit jemandem zu führen, der ihn so forderte, wie Maggie Paul. Doch die beiden hatten ihre besondere Geschichte und waren ein wundervolles Paar. Maggie hatte an Paul geglaubt und mit ihm gearbeitet, als alle anderen ihn abgeschrieben hatten. Dominik atmete gleichmäßig im Rhythmus seiner Schritte und betrachtete die Abdrücke, die Paul vor ihm im feuchten, rötlichen Sand hinterließ. Es war etwa drei Jahre her, dass er Paul zum ersten Mal gesehen hatte. Kurz zuvor hatte er seine Zelte in Berlin abgebrochen und war nach Prince Edward Island gezogen, um mit Professor Blunt die Schlaganfallstation aufzubauen. Im ersten Jahr waren es nur sie beide gewesen, mittlerweile gab es noch einen Oberarzt und drei Assistenten in der Abteilung. Während eines Nachtdienstes war Paul eingeliefert worden, ein durchtrainierter, muskelbepackter Hockeyspieler, der eine glänzende Karriere in der Profiliga vor sich hatte, bis ihn eine Hirnblutung aus dem Leben riss. Er hatte den Geburtstag seiner Mutter auf Prince Edward Island gefeiert und in der Nacht starke Kopfschmerzen bekommen. Am frühen Morgen entwickelte er eine Halbseitenlähmung und wurde auf die neu eröffnete Schlaganfallstation gebracht. Dominik ließ sofort ein CT fahren, es zeigte eine Blutung aus einem Aneurysma, das Paul wohl schon von Geburt an hatte. Nach Rücksprache mit Professor Blunt veranlasste Dominik, dass Paul nach Halifax geflogen wurde, wo er von den Neurochirurgen operiert wurde. Eine Woche später brachte man ihn mit dem Krankenwagen zurück auf die Schlaganfallstation. Aus dem Hockeystar war ein Pflegefall geworden, der nicht mehr sprechen konnte und halbseitengelähmt war.

Sie hatten die Stelle erreicht, an der sie üblicherweise umkehrten, und Paul blickte ihn an. „Genug für heute?“

Dominik nickte. Ihm reichte es definitiv, schließlich hatte er einen anstrengenden Tag hinter sich. Anderthalb Stunden später sprang er frisch geduscht die Treppe hinunter. Paul hatte bereits den Gasgrill auf der Terrasse angeworfen und Maggie brachte Fischfilets aus der Küche, die sie mariniert und in Alufolie gewickelt hatte. Seit er fast jeden Tag mit den beiden zu Abend aß, lebte er furchtbar gesund. Schon vor seiner Hirnblutung hatte Paul so gut wie keinen Alkohol getrunken und seither trank er gar nicht mehr. Maggie hatte immer schon auf gesunde Ernährung geachtet und mittlerweile betrieb sie einen regelrechten Kult darum. Da es für Dominik sehr bequem war, sich von Maggie und Paul durchfüttern zu lassen, hatte er sich nicht nur daran gewöhnt, sondern die mit Sorgfalt zubereiteten Mahlzeiten aus hochwertigen Lebensmitteln sehr zu schätzen gelernt. Er deckte den Tisch draußen auf der Terrasse, Maggie brachte eine Schüssel mit Salat und Brot.

„Im September bekommen wir übrigens Besuch aus Berlin.“ Dominik schob sich ein Stück des pikanten

Fisches in den Mund. Maggie hatte ihn mit Cajun-Gewürzen und Kräutern in Öl eingelegt.

„Wie schön. Wer kommt denn?“ Ab und zu vermisste Maggie ihre alte Heimat und freute sich, wenn jemand den Weg über den Atlantik wagte, um sie zu besuchen.

„Jerko hält im September einen Vortrag in Toronto und hängt ein paar Tage Urlaub dran, um uns zu besuchen. Sein Partner Samuel begleitet ihn.“ Jerko war ein ehemaliger Kollege aus Berlin, ein Bauchchirurg, mit dem er auch privat befreundet war.

„Wie lange sind die beiden da?“, wollte Paul wissen.

„Eine Woche. Ich werde mir ein paar Tage freinehmen und ein bisschen mit den beiden herumfahren. Vielleicht nach Nova Scotia.“

„September ist eine gute Zeit. Da sind die Touristen weg, aber das Wetter ist oft noch sehr schön“, stellte Maggie fest. Genau das hatte Dominik Jerko auch geschrieben, als dieser ihm von dem Kongress berichtet und angefragt hatte, ob er mit Samuel kommen könne. Dominik hatte sich sehr darüber gefreut. Auch wenn er die Brücken nach Berlin hinter sich hatte abreißen wollen, vermisste er seine Freunde und war dankbar, dass sie ihn nicht vergessen hatten.

Nach dem Essen lehnte Paul sich zurück und legte den Arm um Maggie. „Danke, mein Schatz. Das war sehr lecker.“

Sie kuschelte sich an ihn. „Du hast doch gegrillt.“

„Ich habe den Fisch nur auf den Rost gelegt. Der Rest war dein Werk.“ Er zog sie noch näher an sich und küsste sie.

Ein warmes Gefühl breitete sich in Dominik aus, als er die beiden beobachtete und die Liebe zwischen ihnen spürte. Er gönnte ihnen diese innige Verbundenheit aus vollem Herzen. Wenn zwei Menschen einander verdienten, dann Paul und Maggie. Ein paar Monate nachdem Dominik nach Kanada gezogen war, hatte Maggie ihn besucht. Sie hatte in Zehlendorf, wo sie beide aufgewachsen waren, eine Ausbildung zur Physiotherapeutin gemacht und war Dominik nach Wedding gefolgt, wo sie einige Jahre in dem großen Klinikum gearbeitet hatte, in dem auch Dominik tätig war. Doch so richtig wohl hatte sie sich im Zentrum der Stadt nie gefühlt, sie mochte es ländlicher und übersichtlicher. Als Dominik den Sprung über den Atlantik wagte, kündigte sie ihre Stelle und nahm sich vor, ein Jahr um die Welt zu reisen und zu jobben. Ihre erste Anlaufstelle war Dominik, der ihr mit Hilfe seines Chefs eine Praktikumsstelle im Krankenhaus auf Prince Edward Island vermittelte. Weiter kam sie mit ihrer Weltreise nicht. Da Dominik wusste, dass Maggie eine ausgezeichnete Physiotherapeutin war, bat er sie, sich um Paul zu kümmern, der kurz zuvor aus Halifax zurückverlegt worden war. Außer Professor Blunt und ihm glaubte niemand daran, dass Pauls Zustand sich jemals wieder bessern würde. Seine Familie war verzweifelt und Paul, der sich nicht äußern konnte, völlig apathisch. Mit viel Geduld und Einfühlungsvermögen gelang es Maggie, zu Paul durchzudringen. Jeden Tag arbeitet sie hart mit ihm und nach einigen Wochen war Paul wieder in der Lage, seinen Arm anzuheben, die Finger zu bewegen und brachte ein paar verwaschene Worte heraus. Maggie erweckte Pauls Kampfgeist und Dominik hatte nie zuvor einen Patienten gehabt, der so verbissen trainierte. Pauls Familie, die seit Generationen landwirtschaftliche Geräte wie Traktoren, Pflüge und Eggen auf der Insel baute, war der Meinung, Maggie vollbringe Wunder und bat sie, sich auch um Paul zu kümmern, als dieser nach Hause entlassen wurde. Da sie sich zu diesem Zeitpunkt bereits in Paul verliebt hatte, fiel ihr die Entscheidung nicht schwer. Sie blieb in Dominiks Wohnung und kümmerte sich um Paul.

Dominik räumte ab, kochte Tee und holte Wolldecken aus dem Wohnzimmer, da es deutlich kühler geworden war. Eingekuschelt in die weiche Decke und mit einer Tasse dampfendem Kräutertee zwischen den Händen lehnte er sich zurück und ließ seinen Blick über das Meer schweifen. Er liebte diese ruhigen, besinnlichen Abende und die Gesellschaft seiner Freunde. Natürlich wäre es schön, wenn er sich nicht nur in die Decke, sondern auch an einen Partner kuscheln und mit ihm die Ruhe und den Frieden genießen könnte. Wie immer versetzte es ihm einen Stich, wenn er an Lias dachte und sich vorstellte, dass er an ihn gelehnt hier sitzen würde und er die Wärme seines Körpers neben sich spüren könnte. Die Insel hätte ihm gefallen und vor allem hätte er es genossen, Zeit mit ihm zu verbringen. In Berlin hatte Dominik immer unter Strom gestanden, vorwärts getrieben von seinem Ehrgeiz und Perfektionismus. Er konnte sich nicht daran erinnern, dass er jemals seine Gedanken hatte schweifen lassen. Egal, was er tat, in seinem Kopf hatte er sich immer in der Zukunft befunden, beschäftigt mit dem nächsten Projekt. Meist hatte er über seine Arbeit nachgedacht, manchmal war er in Gedanken auch bei der Planung von Urlauben oder anderen Freizeitbeschäftigungen gewesen. Doch er hatte nie im Moment verweilen können und hatte auch nicht zu schätzen gewusst, was er an Lias hatte. Erst seit er in Kanada lebte, war er in der Gegenwart angekommen.

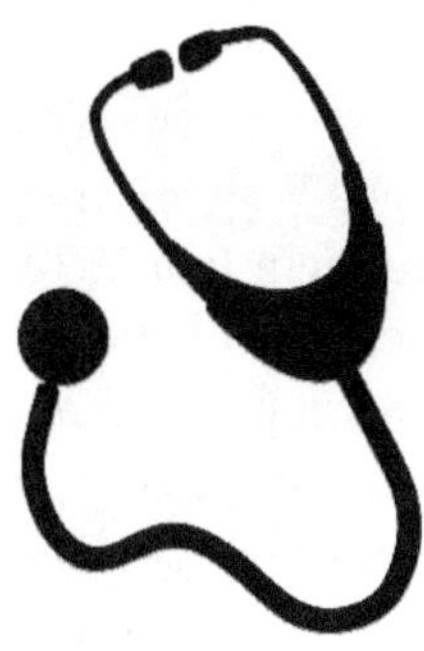

EIN TUMOR

Jacob

Jacob räumte die Werkzeuge in die Kiste und wischte sich die Hände am Overall ab, bevor er den Chevrolet Orlando aus der Halle fuhr. Tomahs Oberkörper steckte bereits unter der Motorhaube des Toyota Corolla einer Urlauberfamilie, der liegengeblieben war. Jacob hatte versprochen, sein Bestes zu geben, um den Wagen so schnell wie möglich wieder flott zu bekommen. Das war auch in seinem Interesse, denn die verzweifelten Eltern saßen mit ihren beiden streitenden Kindern an dem Tisch in seinem Büro, den er extra für solche Fälle aufgestellt hatte, neben einer Kaffeemaschine und einem Getränkeautomaten. Hoffentlich nahmen die zwei wilden Jungs sein Büro nicht auseinander. Manchmal dachte er, es würde sich lohnen, ein Café in seiner Werkstatt aufzumachen, sooft wie die Touristen in den Sommermonaten mit ihren Wagen bei ihm strandeten.

„Und, Tomah, wie sieht es aus?"

„Kein großes Problem, die Batterie ist kaputt. Ich tausche sie aus, dann kann die Familie in zwanzig Minuten weiterfahren."

„Kann ich kurz nach Ava sehen?“

„Klar, ich komme zurecht.“

„Danke“, sagte Jacob und stieg in seinen Wagen, einen blauen Cadillac Fleetwood Brougham aus dem Jahr 1970, den sein Vater restauriert und ihm hinterlassen hatte. Er musste nur die Broadway Street ein paarhundert Meter entlangfahren, abbiegen und dann lag das Haus, das seine Eltern gekauft hatten und in dem er nun mit Ava und Helen lebte, an der Kreuzung der zweiten Seitenstraße. Die Werkstatt lag sehr günstig am Verkehrsknotenpunkt in Kensington. Kensington war zwar zu klein und unspektakulär, als dass sich dorthin jemand verirren würde, doch alle Besucher die Prince Edward Island über die Confederation Bridge ansteuerten, mussten diese Kreuzung passieren, wenn sie zu den beliebten Ferienorten wie Cavendish und Rustico fahren oder auf den Spuren der *Anne of Green Gables* wandeln wollten.

Er stellte den Wagen in der Einfahrt ab und sprang die fünf Stufen hinauf, die auf die Veranda führten. Die Farbe blätterte bereits wieder von der hölzernen Fassade des Hauses ab, dabei hatte er sie erst vor drei Jahren streichen lassen. Auch einige der Fenster mussten ausgetauscht werden. Vielleicht konnte er Dave, seinen Nachbarn von schräg gegenüber fragen, ob er ihm ein gutes Angebot machen konnte. Schließlich hatte er vor kurzem auch den Wagen seiner Frau repariert und nur die Ersatzteile in Rechnung gestellt.

Er wollte gerade die Haustür öffnen, als Maud, ihre Nachbarin den Kopf aus dem Fenster streckte. „Wie geht es deiner Schwester? Ich habe sie gar nicht mehr gesehen, seit sie im Krankenhaus war.“

„Es geht so“, meinte Jacob. Als sie noch kleiner gewesen war und Helen noch ihren Job bei McCains gehabt hatte, war Ava nach der Schule oft zu Maud gegangen. Sie war lieb und nett, wenn man ihr allerdings etwas erzählte, konnte man es genauso gut im Gemeindeblatt abdrucken.

„Sag ihr, sie soll mal auf einen Tee zu mir kommen, wenn es ihr besser geht."

„Ich richte es aus." Er öffnete das Insektenschutzgitter und drückte den Griff der Holztür nach unten. „Ava?"

„Ich bin in der Küche."

Am Schuldbewusstsein in der Stimme seiner Schwester erkannte Jacob, dass sie Süßigkeiten in sich hineinstopfte. Er hatte aufgehört, sie deswegen zu tadeln oder ernste Gespräche über Essensgewohnheiten mit ihr zu führen. Nicht, weil es ihm egal war, sondern weil Ava so viele Belehrungen, Spott und Zurechtweisungen von allen Seiten erdulden musste, dass er, als ihr großer Bruder, seine Hauptaufgabe darin sah, ihr den Rücken zu stärken. Sie litt so sehr und doch konnte sie ihr Verhalten nicht ändern. Es ging einfach nicht. Er öffnete die Küchentür, wo Ava gerade noch schnell ein paar Kekskrümel vom Tisch fegte. „Wie geht es dir?" Ava war erst vor drei Tagen aus dem Krankenhaus entlassen worden, nachdem sie plötzlich schwarze Flecken vor den Augen gehabt hatte.

„Du musst nicht extra von der Arbeit kommen, um nach mir zu sehen. Es geht mir gut und sollte etwas sein, rufe ich dich an."

Jacob verkniff sich zu sagen, dass sie vielleicht nicht mehr würde anrufen können, wenn der Tumor weiterwuchs und irgendetwas anderes in ihrem Kopf ausfiel. Und er würde größer werden, wenn er nicht behandelt wurde, hatte Dr. Baumann ihnen prophezeit. „Ich will nur sicher gehen, solange Oma nicht da ist." Helen fuhr einmal im Monat gemeinsam mit zwei Freundinnen zum Bauernmarkt in Charlottetown, wo sie ihre selbstgemachten Marmeladen und Pies verkauften. Wegen Ava hatte sie darauf verzichten wollen, doch Jacob wusste, wie wichtig ihr diese Ausflüge waren. Besonders seit der große Hersteller von Pommes frites McCain den Standort auf Prince Edward Island geschlossen hatte und Helen, zusammen mit vielen anderen Angestellten, ihren Job verloren hatte, war der Bauernmarkt eine Einnahmequelle, auf die Helen nicht verzichten wollte. Für sie war der Gedanke schrecklich, finanziell nichts zu ihrem gemeinsamen Haushalt beitragen zu können. Daher hatte Jacob sie in die Hauptstadt geschickt und ihr versprochen, regelmäßig nach Ava zu sehen.

Ava lächelte. „Das ist lieb von dir, aber nicht nötig." Wenn sie lächelte, bildeten sich Grübchen in ihren aufgedunsenen Wangen und ihre ausdrucksvollen Augen, die die Farbe des Meeres bei Sonnenschein hatten, strahlten. Dann vergaß man, dass sie über hundert Kilo wog und ihr eigenes Gewicht kaum die Treppe hochhieven konnte. Sie war so ein hübsches Mädchen gewesen, quirlig, mit langen, braunen Zöpfen und einem herzlichen Lachen. Doch vor etwa drei Jahren hatte sie begonnen, immer mehr zu essen, und stand nachts mindestens dreimal auf, um Limonade zu trinken. Sie nahm immer weiter zu, wurde erst kräftig, dann dick und jetzt tuschelten die Leute hinter ihrem Rücken darüber, wie fett sie sei. Jacob war mit ihr bei mehreren Ärzten gewesen, die Diabetes und Bluthochdruck feststellten und Ava empfahlen, weniger zu essen und Sport zu treiben. Ava spritzte dreimal täglich Insulin und sollte eigentlich keine Süßigkeiten essen. Doch sie hielt sich nicht daran. Helen war auch nicht besonders hilfreich, da sie nicht einsah, Süßigkeiten ganz aus dem Haus zu verbannen. Jacob hatte schon mehrfach alles Süße in Mülltüten verpackt und weggeschmissen, doch wenige Tage später fand er wieder Donuts im Kühlschrank und Kekse in der Schublade.

„Dann fahre ich wieder zur Werkstatt“, meinte Jacob und schob sein Glas unter die Eiswürfelmaschine am Kühlschrank. Klirrend fielen die Würfel ins Glas. Er hielt es unter den Wasserhahn und beobachtete die Eiswürfel, die auf dem Wasser schwammen. „Möchtest du mitkommen?“ Vielleicht war es besser, wenn Ava nicht so allein war. Tomah schaffte es auch immer mal wieder, sie zum Lachen zu bringen, was sonst nur sehr selten der Fall war.

Ava schüttelte den Kopf. „Ich gehe in mein Zimmer.“

Dort verbrachte sie einen großen Teil ihrer Lebenszeit und sah fern, spielte Computerspiele oder chattete mit Freundinnen, die so weit weg wohnten, dass sie niemals in die Verlegenheit kommen würden, Ava im wahren Leben kennenzulernen. Ihr Profilbild war das Gesicht eines nicht besonders bekannten Models, das Ava mit einem Bildbearbeitungsprogramm noch ein wenig verändert hatte.

„Alles in Ordnung mit Ava?“ Tomah hatte bereits den nächsten Wagen in die Werkstatt gebracht und mit der Hebebühne hochgefahren. Er stand unter dem Auto und versuchte, eine rostige Schraube am Unterboden zu lösen. Dabei ging er nicht gerade zart besaitet mit dem Fahrzeug um.

„Ja.“

„Was hat eigentlich der Doc im Krankenhaus gesagt?“

„Hmm“, druckste Jacob herum. Bislang wussten nur Helen und natürlich Ava Bescheid. Ava hatte seltsam unbeteiligt reagiert, so als ginge der Tumor sie nichts an. Vielleicht ließ sie es nicht an sich heran, um sich zu schützen. Tomah arbeitete kommentarlos weiter. Er würde nicht noch einmal fragen. Das war nicht seine Art. Tomah gehörte zu Jacobs Leben, solange er sich zurückerinnern konnte. Als sein Vater damals die Werkstatt eröffnet hatte, hatte Tomah ihm geholfen und war seither fester Bestandteil der Garage. Er war ein Mi'kmaq-Indianer der Epeggoitg-Stammesgruppe und lebte mit seiner Frau und zwei Töchtern im Reservat auf Lennox Island. Unter der Woche schlief er manchmal in einem Zimmer hinter dem Büro, um nicht jeweils eine Stunde hin- und zurückfahren zu müssen. Jacob war siebzehn Jahre alt gewesen, als seine Eltern verunglückten. Tomah hatte ihm vorgeschlagen, sich um die Werkstatt zu kümmern, bis er seine Ausbildung abgeschlossen hatte. Eigentlich hatte er andere Pläne gehabt. Sein Vater hatte sich immer gewünscht, dass Jacob aufs College gehen und studieren sollte, doch nachdem er eine Waise geworden war, blieb ihm nichts anderes übrig, als Automechaniker zu werden, schließlich musste er für Ava und Helen sorgen. Mittlerweile war er froh darüber. Er war zufrieden mit seinem Beruf und war ein guter Mechaniker. Wer weiß, ob er sich in einem akademischen Beruf überhaupt zurechtgefunden hätte. Jacob hatte Tomah damals gefragt, ob er nicht die Werkstatt übernehmen wolle, doch er hatte es abgelehnt und sich darum gekümmert, dass sie alle davon leben konnten, bis Jacob soweit war. Er schuldete Tomah eine Antwort. „Ava hat einen Hirntumor."

„Gottes Wege sind unergründlich." Tomah war katholisch, wobei seine Auslegung der kirchlichen Lehre gelegentlich etwas ungewöhnlich ausfiel.

„Vielleicht kann man etwas machen, operieren oder bestrahlen. Wir haben morgen einen Termin in der Klinik zur Besprechung."

„Wir werden für Ava beten.“

Schweigend arbeiteten sie weiter, bis Helen anrief und ankündigte, dass das Abendessen fertig sei. „Isst du mit uns?“, fragte Jacob.

„Gerne.“ Tomah räumte die Werkzeuge weg, sie schälten sich aus den Overalls und wuschen die Hände.

Wenig später saßen sie am Küchentisch und löffelten das Curry, das Helen vorbereitet hatte, bevor sie nach Charlottetown gefahren war.

„Liefen die Geschäfte gut?“ Jacob nahm sich noch ein Stück von dem Maisbrot, das Helen auf dem Markt gekauft hatte. Er liebte den Geschmack des gleichzeitig süßen und salzigen Brotes mit der lockeren, weichen Konsistenz und freute sich immer darauf, dass Helen es ihm zuliebe aus der Stadt mitbrachte.

„Wir haben alles verkauft.“ Sie wandte sich an Tomah. „Die Körbe deiner Familie haben auch reißenden Absatz gefunden.“ Sowohl Tomahs Frau, als auch seine Töchter waren Künstlerinnen, die aus Eschenholz außergewöhnliche Körbe flochten. Die Gefäße hatten traditionelle Muster, die durch verschiedenfarbige Hölzer entstanden und faszinierende Außenstrukturen. In den letzten Jahren gab es immer mehr Touristen, die nicht den billigen Kitsch kauften, der überall auf der Insel angeboten wurde, sondern es bevorzugten, hochwertige Handwerkskunst der *first nations* zu erwerben, um eine Erinnerung an den Urlaub auf der Insel mit nach Hause zu nehmen. Helen nahm immer ein paar der Kunstwerke mit auf den Markt, um sie zu verkaufen. Sie füllte Tomahs Teller mit einem weiteren Schöpflöffel Curry. „Das Geld für die Körbe gebe ich dir nachher mit.“

„Danke. Phyllis und die Mädchen werden sich freuen.“

Helen gab auch Ava noch eine zweite Portion. „Was hast du heute gemacht?“

„Nicht viel“, antwortete Ava kurzangebunden. Sie wirkte oft so apathisch und unbeteiligt. Jacob hatte sich schon Gedanken gemacht, ob sie eine Depression hatte. Aber er kannte sich mit solchen Dingen nicht aus und hatte auch keine Ahnung, wie er das Ava gegenüber ansprechen sollte. Einmal hatte er Helen gefragt, ob sie fand, dass Ava Hilfe bräuchte, doch sie hatte nur ungeduldig abgewunken und Avas Verhalten auf die Pubertät geschoben.

„Wann gehst du wieder zur Schule?“, fragte Tomah.

Ava zuckte mit den Schultern.

„Morgen haben wir einen Termin in der Klinik und werden erfahren, wie es weiter geht“, mischte Jacob sich ein. „Ich habe Tomah von dem Tumor erzählt. Das ist doch in Ordnung, Ava?“

Sie nickte teilnahmslos.

„Wenn wir wissen, wie Ava behandelt wird und wie lange das dauert, können wir mit der Direktorin vereinbaren, wann Ava wieder zur Schule gehen kann.“ Jacob legte sein Besteck zur Seite und trank einen Schluck Wasser. Vermutlich würde Ava das Schuljahr wiederholen müssen, doch das musste er noch nicht mit ihr besprechen. Sie hatte genügend Sorgen und sollte sich nicht auch noch deshalb Gedanken machen müssen.

„Möchtest du am Freitag mit mir ins Reservat fahren, Ava? Phyllis und die Mädchen würden sich sehr freuen, dich zu sehen.“ Tomah lächelte Ava freundlich an. Noch nie hatte er ein abfälliges Wort über Ava verloren, sie kritisiert oder gemaßregelt. Er war einer der wenigen Menschen, der sich Ava gegenüber respektvoll und normal verhielt. Jacob rechnete ihm das hoch an. Zum ersten Mal an diesem Abend huschte ein Fünkchen

Freude über Avas Gesicht. Sie war gern im Reservat bei Tomahs Familie. Dort fühlte sie sich akzeptiert und erfuhr deutlich weniger Spott und Ablehnung als in der Schule.

„Ich kann dich Samstag oder Sonntag wieder abholen“, bot Jacob an. Ein bisschen Ablenkung bei den Mi’kmaq würde Ava sicher guttun.

ISLAND ROCK PUB

Dominik

Dominik streifte Einmalhandschuhe über, schaltete die UV-Lampe der Sicherheitswerkbank, die den Innenraum sterilisierte, aus und den Abzug an. Dann holte er die Nährlösung, die er bereits mit Antibiotika versetzt und erwärmt hatte, sowie die Petrischalen aus dem Inkubator und setzte sich hin. Die Schutzscheibe zog er soweit nach unten, dass er bequem seine Arme darunter schieben und arbeiten konnte, sein Gesicht aber durch die Plexiglasscheibe abgeschirmt war. Vorsichtig saugte er das verbrauchte Medium von den Nervenzellkulturen ab und pipettierte frisches Medium auf die Kulturen. Nachdem er die Zellen gefüttert hatte, kontrollierte er das Wachstum unter dem Inversmikroskop. Zufrieden notierte er den Wachstumsfortschritt in seinem Laborbuch. Nur noch wenige Tage, dann konnte er mit Hilfe eines experimentellen Modells, das er gemeinsam mit Professor Blunt entwickelt hatte, den Nervenzellen den Sauerstoff entziehen und die Vorgänge untersuchen, die zum Zelltod führten. Das Modell erlaubte es ihm auch, Substanzen zu untersuchen, die den Zelltod verlangsamten oder verhinderten, und damit möglicherweise auch als Medikamente zur Verhinderung von Schäden bei Schlaganfällen eingesetzt werden konnten.

Dominik mochte diese ruhigen Stunden, die er gelegentlich abends in dem kleinen Labor verbrachte. Neben der Schlaganfallstation hatten Professor Blunt und er auch dieses Labor aufgebaut. Seit sein alter Chef den Ruhestand angetreten hatte, war Dominik der Leiter des Labors, in dem außer ihm allerdings nur noch Bria, eine technische Assistentin, und ein junger Arzt, der seit ein paar Monaten in der Neurologie tätig war, arbeiteten. Normalerweise kümmert sich Bria um die Versorgung der Zellen und führte die meisten der Experimente durch, die Dominik plante. Doch sie war für ein paar Tage im Urlaub, weshalb er es übernommen hatte. Da er das ruhige, ungestörte Arbeiten in einem mikrobiologischen Labor vermisste, das so ganz anders war, als der hektische Alltag in der Klinik, übernahm er Brias Pflichten gerne für ein paar Tage, auch wenn das bedeutete, dass er abends einige Stunden Arbeitszeit anhängen musste. Konzentriert berechnete er die Verdünnungen, die er für das geplante Experiment ansetzen musste, und verließ anschließend das Labor. Im Flur begegnete ihm Phil, der Leiter des klinischen Labors, der ihm sehr geholfen hatte, als er vor drei Jahren begonnen hatte, das Forschungslabor aufzubauen. „Hi, Phil. Bist du auch so spät noch bei der Arbeit?“

„Meine Frau ist heute Abend mit ihren Freundinnen unterwegs und ich habe die Zeit genutzt, um ein paar Sachen aufzuarbeiten, die liegengeblieben sind.“

„Dann hast du auch noch nichts gegessen?“

Phil schüttelte den Kopf.

„Kensington Station?“, fragte Dominik.

Breit grinsend nickte Phil. „In zwanzig Minuten?“

„Prima.“

Eine halbe Stunde später prosteten sie sich mit einem frisch gezapften Bier zu.

„Wollt ihr auch etwas essen?“, fragte der Wirt des Island Rock Pubs und zückte den Bleistift, den er sich hinter das Ohr geklemmt hatte.

„Unbedingt“, meinte Phil. „Ich hätte gerne *Fish and Chips*.”

„Da schließe ich mich an“, sagte Dominik. Dieses dick in einem Teig aus rotem Inselbier, Mehl, Eiern und Butter verpackte Schellfischfilet, das frittiert und mit Pommes serviert wurde, konnte man nicht oft essen, wenn man auf sein Gewicht achten und nicht vorzeitig an Herzkreislauferkrankungen versterben wollte. Doch da Dominik sich – dank Maggie - normalerweise vorwiegend von Salat und fettarmem Fisch oder Fleisch ernährte, hatte er gelegentlich einen regelrechten Heißhunger auf solche ungesunden Kalorienbomben, dem er auch gerne mal nachgab. Schließlich wog er fünf Kilo weniger, als während seiner Berliner Zeit.

„Ich war schon lange nicht mehr hier“, meinte Phil und sah sich um. Die Kneipe in der historischen Bahnstation von Kensington war sehr gemütlich eingerichtet und Dominiks Lieblingspub auf der Insel. Allerdings war auch er schon länger nicht mehr da gewesen, was vor allem damit zusammenhing, dass Aaron nach der Arbeit dort gerne ein Bier mit seinen Kollegen trank. Er hatte keine Lust gehabt, ihm zu begegnen, nachdem sie vor einem halben Jahr im Streit auseinandergegangen waren. Allerdings wollte er sich sein Lieblingspub nicht dauerhaft von Aaron madig machen lassen.

„Geht es mit deinem Forschungsprojekt voran?“ Phil griff in die Schale mit Erdnüssen, die vor ihnen stand.

„Es läuft ganz gut."

„Bist du mit dem FACS-Gerät zufrieden, das wir zusammen ausgesucht haben?"

„Ja, es funktioniert einwandfrei. Ich kann damit gleichzeitig die Zellen zählen und sie auftrennen." Phil hatte ihm geholfen, das Durchflusszytometriegerät zu bestellen, das er von den Forschungsgeldern angeschafft hatte, die ihm vor einem halben Jahr bewilligt worden waren. Dominik war stolz darauf, dass er das Geld bekommen hatte. Damit konnte er das Labor drei weitere Jahre am Laufen halten. Bis dahin hoffte er, einige Manuskripte in guten wissenschaftlichen Zeitschriften veröffentlichen zu können.

„Kann ich mir das mal ansehen?"

„Natürlich, sehr gerne. Ich gebe dir Bescheid, wenn ich das nächste Mal Zellen sortiere."

„Prima."

„Guten Appetit." Der Wirt stellte Teller mit frittiertem Fisch vor ihnen ab und sofort zog ein aromatischer Duft nach dunklem Bier in Dominiks Nase.

„Danke." Das Wasser lief Dominik im Mund zusammen, als er mit der Gabel ein Stück abbrach. Das weiche Fleisch zerfiel auf der Gabel und schmeckte mit der würzigen, krossen Kruste sehr lecker. Doch noch bevor er den Fisch aufgegessen hatte, spürte er, wie er ihm schwer im Magen lag. Er war dieses fette Essen nicht mehr gewöhnt. Er trank noch einen Schluck Bier und ließ die Pommes liegen.

„Isst du die nicht mehr?", fragte Phil mit vollem Mund.

„Nein, das wird mir zu viel."

„Kann ich sie haben?"

„Bitte." Dominik schob sie ihm zu, auch wenn er der Ansicht war, Phil sollte darauf verzichten. Wenn er sein

Patient wäre, würde er ein ernstes Wort mit ihm reden und ihm nahelegen, sein Gewicht zu reduzieren. Doch als Kollege stand Dominik das nicht zu.

Eine Hand legte sich auf seine Schulter. „Hallo Dominik.“

Erschrocken drehte er sich um. Aaron stand hinter ihm und lächelte. Das war eine überraschende Wendung, denn das letzte Mal, als sie sich im Pub begegnet waren, hatte er ihm nur giftige Blicke zugeworfen. „Wie geht es dir?“

„Gut.“ Aarons Hand lag noch immer auf seiner Schulter. „Dich brauche ich nicht zu fragen, du siehst klasse aus.“

„Danke.“

„Trinken wir nachher noch etwas zusammen?“ Aaron blickte zu einem Tisch schräg hinter Dominik. „Ich bin mit meinen Kollegen hier, aber die bleiben sicher nicht mehr lange.“

„Ich muss morgen früh raus.“

„Ein kleines Bierchen noch?“, bat Aaron und strich kurz mit seinem Daumen über Dominiks Schulter, bevor er ihn losließ.

Dominik hatte eine Vermutung, worauf Aaron hinauswollte und es zuckte in seiner Hose bei dem Gedanken daran. Er hatte schon verdammt lange keinen Sex mehr gehabt. Aber diesen Fehler würde er nicht nochmal machen. Allerdings wollte er Aaron auch nicht schroff abweisen, wo er sich so versöhnlich zeigte. „Na gut“, lenkte er ein.

Eine halbe Stunde später saß Aaron ihm gegenüber und strahlte ihn an. „Du siehst wirklich gut aus. Hast du abgenommen? Machst du viel Sport?“

„Danke für das Kompliment. Maggie und Paul ziehen mich bei ihrem Ernährungs- und Sportprogramm mit.“

„Es scheint dir zu bekommen.“

„Ich fühle mich tatsächlich besser als früher.“

Aaron senkte den Blick. „Du fehlst mir.“

„Hast du dich in der Zwischenzeit geoutet?“

Verlegen schüttelte Aaron den Kopf. „Ich kann es nicht.“

Das machte es Dominik leichter, ihn abzuweisen, auch wenn er sich nicht mehr auf Aaron einlassen würde, wenn er sich zu seiner Homosexualität bekannt hätte. „Es ist vorbei, Aaron.“ Er bemühte sich um eine sanfte Stimme.

„Hast du einen anderen?“ In Aarons Stimme klang Eifersucht mit, was Dominik daran erinnerte, wie anstrengend die Affäre mit Aaron gewesen war. Und mehr als eine Affäre war es nicht gewesen, auch wenn sie sich über ein Jahr lang trafen. Die Befriedigung, die ihm regelmäßiger Sex verschaffte, wog auf Dauer die Heimlichkeiten, die gekünstelt distanzierte Verhaltensweise, die Aaron an den Tag legte, wenn sie zusammen essen oder im Kino waren, und das Fehlen einer gemeinsamen Basis nicht auf. Empfunden hatte er für Aaron nie besonders viel, doch Dominik bezweifelte, ob er überhaupt jemals wieder so viel für einen Mann empfinden würde, wie er für Lias empfunden hatte. Da die Wahrscheinlichkeit, auf der überschaubaren Insel jemanden kennenzulernen, ohnehin verschwindend klein war, hatte Dominik wenig Hoffnung auf eine erfüllende Partnerschaft. Doch Dominik hatte sich vorgenommen, deshalb nicht unglücklich und unzufrieden zu sein, sondern die guten Dinge in seinem Leben wertzuschätzen. Mit Maggie, Paul und Butch hatte er eine wunderbare Ersatzfamilie und er liebte seinen Beruf. „Das tut nichts zur Sache.“

Aaron seufzte. „Du hast recht, es geht mich nichts an. Übrigens wollte ich mich schon lange bei dir dafür entschuldigen, dass ich dir die Reifen zerstochen habe. Das war kindisch."

„An dem Morgen, als ich vor meinem Jeep stand und gesehen habe, dass alle vier Reifen platt waren, habe ich mich ganz schön geärgert. Alle vier Reifen! Hätte einer nicht gereicht? Das war sehr teuer."

„Tut mir wirklich leid. Soll ich es dir zurückbezahlen?"

Dominik stupste ihn an und grinste. „Vergeben und vergessen. Aber vergreife dich nie wieder an meinem Auto."

„Nie wieder. Ich schwöre es." Aaron seufzte theatralisch. „Ich sehne mich nach unserer gemeinsamen Zeit."

„Eigentlich hatten wir nur Sex zusammen."

Mit einem verletzten Blick sah Aaron ihn an. „Für dich war es nicht mehr?"

„Wir haben keine Beziehung geführt, sondern uns nur heimlich getroffen, um miteinander zu schlafen."

„Wir waren auch zusammen essen und im Kino."

Während ihres gemeinsamen Jahres waren sie genau viermal essen gewesen, zweimal im Kino und hatten sonst keine Zeit außerhalb des Bettes miteinander verbracht. „Das macht noch keine Beziehung aus dem, was wir hatten." Dominik trank einen Schluck Limonade. Eigentlich hatte er keinen Appetit auf das süße Zeug. Da er noch fahren musste, hatte er sich kein Bier mehr bestellen wollen und ein einfaches Sprudelwasser, was er am liebsten getrunken hätte, konnte man in kaum einem Restaurant oder Pub auf der Insel bestellen. An manche Einschränkungen würde er sich nie gewöhnen.

Aaron spielte mit dem Bierglas und wirkte niedergeschlagen. „Ich habe es mit einem Mädchen versucht. Drei Monate lang war ich mit ihr zusammen, weil ich mir wirklich gewünscht habe, eine normale Beziehung führen zu können. Ich hätte so gerne eine Familie."

Voller Mitleid betrachtete Dominik sein Gegenüber. Mit seinen blonden, leicht gewellten Haaren, den blauen Augen und der zierlichen Figur war er attraktiv auf eine Weise, die viele schwule Männer zu schätzen wussten. Die meisten Frauen interessierten sich eher für maskulinere Typen. Alles in Aarons Natur schien sich gegen seinen Wunsch, ein konventionelles Leben mir Frau und Kindern zu führen, verschworen zu haben. „Und?"

Aaron blickte auf und seine Augen schimmerten feucht. „Es ging nicht. Jedes Mal, wenn wir Sex hatten, kam ich mir vor, wie ein Betrüger, wenn ich überhaupt einen hochgekriegt habe."

„Vielleicht wäre dein Leben leichter, wenn du dich outen würdest."

„Allein bei dem Gedanken daran, es meinen Eltern zu sagen, mache ich mir fast in die Hose."

„Vielleicht nehmen sie es besser auf, als du denkst."

Zweifelnd schüttelte er den Kopf. „Kann ich mir nicht vorstellen."

Dominik hatte wenig Verständnis für Aarons Haltung, auch wenn er seine Verzweiflung spürte. Ein Leben mit einer so großen Lüge wäre undenkbar für ihn. Als er wenig später nach Hause fuhr, funkelten die Sterne über der Insel. Aaron tat ihm leid, weil er nicht zu dem stehen konnte, was er war. Als er auf die Insel gezogen war, hatte er keinen Hehl daraus gemacht, homosexuell zu sein, und war nur selten auf negative Reaktionen gestoßen. Die meisten Inselbewohner hatten es offen und vorurteilsfrei aufgenommen, wenn er es zur Sprache gebracht hatte. Aarons Sorge, sich ins soziale Abseits zu manövrieren, wenn er sich als schwul outete, war vermutlich unbegründet. Doch Aaron war erst Mitte zwanzig und sehr unsicher. Sie hatten zwar nicht viel Zeit außerhalb des Bettes miteinander verbracht, doch nach dem Sex redeten sie oft. Aaron erzählte ihm, wie er sich in dem Büro, in dem er tätig war, von seinen Kollegen ausgenutzt fühlte. Mehrfach sammelten Kollegen die Lorbeeren bei der Geschäftsleitung für etwas ein, das Aaron erarbeitet hatte. Die väterliche Rolle, die Dominik Aaron gegenüber einnehmen musste, indem er ihm gut zuredete und ihn ermutigte, gefiel ihm nicht, zumal Aaron es trotz seiner Ermutigungen nie fertigbrachte, sich gegen seine Kollegen zu behaupten. Mit Lias hatte er eine Beziehung auf Augenhöhe geführt. Lias ging einer Meinungsverschiedenheit mit ihm nie aus dem Weg und Dominik empfand ihre Beziehung immer als offen und respektvoll und ihre Streitigkeiten als produktiv – bis er erfuhr, dass Lias ihn hintergangen hatte.

Der Motor erstarb als Dominik den Schlüssel im Schloss drehte. Seufzend lehnte er sich zurück und betrachtete die funkelnden Sterne über ihm. Wie sein Leben wohl verlaufen wäre, wenn er noch in Berlin wäre? Seine Homosexualität auszuleben, wäre dort leichter, doch auch in einer Millionenstadt wie Berlin war es schwer, den Mann fürs Leben zu finden. Zumindest hätte er dort die Gelegenheit zu unverbindlichem Sex, wenn seine Bedürfnisse ihn quälten. Auf der Insel hatte er dieses Bedürfnis eine Zeit lang mit Aaron gestillt, bis ihm klar geworden war, dass ihn mit Aaron darüber hinaus nichts verband und er dann lieber darauf verzichten wollte. Wie gut es ihm tat, Dinge, die überflüssig waren und ihn nur belasteten, aus seinem Leben auszusortieren, hatte er in den vergangenen Jahren gelernt. Das, was

Professor Blunt „Downsizing-Management“ nannte, hatte ihm geholfen, sich wiederzufinden. In Berlin hatte er ein Leben auf der Überholspur gelebt, wahnsinnig viel gearbeitet und am Wochenende versucht, den Ansprüchen seines Lebensgefährten gerecht zu werden, war auf Partys und ins Theater gegangen. Als Lias sich von ihm getrennt hatte, war die Luft aus ihm gewichen, wie aus einem Luftballon. Er hatte keine Energie mehr gehabt, keinen Antrieb mehr verspürt und nicht mehr gewusst, aus welchem Grund er so viel arbeitete.

Das Krankenhaus in Charlottetown war winzig im Vergleich zu dem riesigen Klinikkomplex, in dem er in Berlin gearbeitet hatte. Die neurologische Abteilung war übersichtlich und die Arbeit war nicht so hektisch und forderte nicht so viel von ihm ein wie in der Bundeshauptstadt. Die beschauliche Ruhe der Insel, die sanften Hügel, die gepflegten Felder und vor allem die Weite des Ozeans hatten ihm eine neue Perspektive gegeben und ihn gelehrt, sich selbst nicht so wichtig zu nehmen. Vielleicht wäre seine Beziehung zu Lias nicht in die Brüche gegangen, wenn er diese Erkenntnis früher gehabt hätte. Vielleicht war es seine Schuld gewesen, dass er sich von ihm abgewandt hatte. Doch selbst wenn er Fehler gemacht hatte, war das keine Entschuldigung für den Betrug, die Lügen und den Verrat, die er Lias niemals verzeihen würde.

EIN PLAN

Jacob

„Der Tumor liegt an einer ungünstigen Stelle, man kann ihn nicht operieren“, erklärte Professor Moulder, zu dem sie diesmal geschickt worden waren. Der Professor wirkte fahrig, als ob er es eilig hätte. Warum waren sie nicht bei Dr. Baumann, wie sonst auch? Er war viel netter und einfühlsamer mit Ava umgegangen. Im Gegensatz zu dem Professor, der das Wort nur an Jacob richtete, hatte der junge Arzt direkt mit Ava gesprochen und mehrfach nachgefragt, ob sie alles verstanden habe. Obwohl sie genickt hatte, war das nicht der Fall gewesen und auch Jacob hatte vor lauter Schreck kaum zugehört.

„Was kann man dann tun?“, fragte Jacob.

„Wir können den Tumor bestrahlen, allerdings kann das zu einem Gedächtnisverlust führen.“

Jacobs Herz krampfte sich zusammen. Hatte Ava nicht schon genug gelitten? Noch mehr konnte die zarte Seele, die sich in dem massigen Körper verbarg, doch gar nicht aushalten.

„Operiert werden kann er also nicht?“, fragte Jacob nochmals nach.

Nachdenklich tippte sich der Professor an die Nasenspitze. „Meiner Meinung nach nicht und auch der Neurochirurg aus Halifax, dem wir den Fall vorstellten, sagte, man könne nicht operieren. Dr. Baumann hat vorgeschlagen, einen Neurochirurgen des Massachusetts General Hospital zu konsultieren. Zumindest könnte ich ihn ja anrufen." Er erhob sich und trat hinter seinem Schreibtisch hervor. „Warten Sie kurz draußen, ich bitte meine Sekretärin, ihn anzurufen."

Jacob und Ava nahmen auf einem Sofa im Vorraum Platz, während der Professor wieder in seinem Büro verschwand. Die dunkelhäutige Sekretärin mit den sorgfältig geglätteten Haaren tippte mit ihren beängstigend langen und karminrot lackierten Fingernägeln auf dem Telefon herum und versuchte, einen Professor Zjang zu erreichen.

„Ich muss mal auf die Toilette", sagte Ava und wuchtete sich aus dem Sofa hoch.

Jacob nickte und sah ihr nach. Sie würde auf die Toilette gehen und sich danach noch eine Cola und Süßigkeiten aus dem Automaten ziehen. Er wusste wirklich nicht, wie er ihr am besten helfen konnte. Sollte er sie immer wieder ermahnen? In der Vergangenheit hatte das überhaupt nichts gebracht. Er seufzte.

Die Sekretärin erhob sich ebenfalls und griff nach einem Stapel Papiere. „Ich lasse Sie mal kurz allein", kündigte sie an und stöckelte mit schwingenden Hüften aus dem Büro. Als sie die Tür des Vorraums schwungvoll schloss, öffnete sich die Tür zum Büro des Professors einen Spaltbreit. Sie war wohl nicht richtig geschlossen gewesen. Sollte er? Jacob musste nicht lange überlegen. Schließlich ging es um seine Schwester. Leise erhob er sich und stellte sich dicht an den Spalt. Professor Moulder hatte eine laute Stimme, so dass Jacob jedes Wort hören konnte.

„Ich halte den Tumor für inoperabel. Außerdem haben wir das Mädchen in der Tumorkonferenz vorgestellt und auch der Neurochirurg und der Strahlentherapeut haben sich meiner Meinung angeschlossen."

Eine Weile lang hörte Jacob nichts mehr.

„Ja, das denke ich auch. Wir können dem Mädchen den Weg nach Boston ersparen, zumal eine Operation in den USA für die Familie sicher zu teuer ist."

Wut stieg in Jacob hoch und ballte sich in seinem Magen zusammen. Warum überließ man ihm die Entscheidung, ob er die Operation für seine Schwester bezahlen konnte, nicht selbst? Nur weil er Mechaniker und keiner dieser hochgebildeten und selbstgefälligen Mediziner war, bemühte Professor Moulder sich noch nicht einmal, diese Frage mit ihm zu diskutieren. Klar, sie hatten nicht besonders viel Geld. Aber um Ava zu retten, würde er das Haus und wenn es sein musste, auch die Werkstatt verkaufen. Darüber musste er nicht nachdenken.

„Vielen Dank für Ihre Hilfe", sagte Professor Moulder ins Telefon.

Kurzes Schweigen.

„Dr. Baumann? Ob er zu der neurologischen Konferenz in Boston in zwei Wochen kommt? Ich denke schon, aber ich werde ihn noch mal fragen."

Erneutes kurzes Schweigen.

„Ja natürlich, ich gebe Ihrer Sekretärin gleich Bescheid. Sicher, das Forschungsprojekt, das mein Vorgänger Professor Blunt gemeinsam mit Dr. Baumann begonnen hat, ist vielversprechend." Die Stimme des Professors klang verärgert.

Die Tür zum Vorzimmer öffnete sich und Jacob hastete zurück zum Sofa. Wenn die Sekretärin seinen Lauschangriff bemerkt hatte, ließ sie sich nichts anmerken.

Wenige Minuten später kam Professor Moulder aus seinem Büro. „Sally, rufen Sie Dr. Baumann an. Er soll sofort herkommen.“ Dann drehte er sich zu Jacob um. „Es bleibt bei dem, was wir besprochen haben. Sally macht gleich Termine in der Strahlentherapie und in der Endokrinologie für Ava aus.“ Ohne weiteren Kommentar schloss er seine Bürotür wieder hinter sich.

Der Zorn in Jacob wuchs immer weiter. Was konnte Ava dafür, dass es Professor Moulder offensichtlich ärgerte, dass dieser Experte aus Boston irgendein Forschungsprojekt interessant fand, an dem Dr. Baumann beteiligt war? Sally gab den Befehl des Professors an Dr. Baumann weiter und tippte anschließend erneut auf dem Telefon herum. Jacob beugte sich nach vorn und stützte die Ellbogen auf den Knien ab. Wo blieb Ava nur?

„Die Anmeldung ist besetzt. Ich versuche es gleich nochmal“, sagte Sally.

Jacob hob den Kopf und nickte.

In diesem Moment betrat Dr. Baumann das Sekretariat und blieb wie angewurzelt vor Jacob stehen. „Herr Lafayette, wo ist Ava?“

„Auf Toilette.“

„Haben Sie schon mit Professor Moulder gesprochen?“

„Ja, gerade eben.“

Professor Moulder kam aus seinem Büro. „Dr. Baumann, da sind Sie ja endlich.“

„Herr Professor?“

Jacob wunderte sich, wie ruhig Dr. Baumann blieb, obwohl sein Chef ihn so anblaffte.

„Professor Zjang hat gefragt, ob Sie zur neurologischen Konferenz nach Boston fliegen.“

„Sie haben ihn doch angerufen, wie schön.“ Dr. Baumann schien ehrlich erfreut zu sein.

„Fliegen Sie nun, oder nicht?“

„Ich fahre mit dem Auto hin.“

„Warum denn das?“

„Ich leide unter Flugangst.“

„Flugangst, wie lächerlich.“

Dr. Baumann zuckte mit den Schultern.

Schon wieder erstaunte Dr. Baumann Jacob, weil er seine Flugangst so offen zugab. Das zeugte von Charakter.

Professor Moulder scheuchte Dr. Baumann weg wie eine lästige Fliege. „Sie können gehen.“ An seine Sekretärin gewandt sagte er: „Rufen Sie nochmal im Sekretariat von Professor Zjang an.“

Dr. Baumann lächelte Jacob auf dem Weg nach draußen zu. Ob er wohl der Meinung war, dass Ava einen Termin bei dem Experten in Boston erhielt?

Im Eingangsbereich des Krankenhauses saß Ava und futterte Chips. Sie gab sich keine Mühe, die Tüte schnell zu entsorgen, bevor Jacob kam. Er streichelte ihr über die Haare. „Schwesterchen, es tut mir leid, dass du das alles mitmachen musst. Wenn ich es dir nur abnehmen könnte.“

Ava antwortete nicht und steckte einen weiteren Kartoffelchip in den Mund. Sie hatte sich komplett in ihr Schneckenhaus zurückgezogen.

„Hallo Ava, wie geht es dir?“

Erschrocken drehte Jacob sich um. Dr. Baumann stand in Jeans und T-Shirt hinter ihm. Offensichtlich hatte er

Dienstschluss. In Freizeitkleidung hatte Jacob ihn noch nie gesehen, er wirkte viel jünger und sah schmaler aus, als in dem Arztkittel.

Ava starrte ihn nur an.

„Alles wird gut, Ava. Ich bin mir sicher, Dr. Zjang bekommt das hin und dann geht es dir bald viel besser.“ Er tätschelte ihr die Schulter und verabschiedete sich von Jacob mit einem Nicken, bevor er durch die Drehtür verschwand.

Ava runzelte die Stirn und ein schwacher Hoffnungsschimmer funkelte in ihren Augen. „Habe ich jetzt doch einen Termin in Boston?“

Jacob schluckte und nickte. Er brachte es nicht fertig, sie zu enttäuschen. Er musste einen Weg finden.

Er fuhr von der Klinik nach Hause, entlang an den Kartoffel- und Maisfeldern. Mit einem Mal kam es ihm das idyllische Bild der Insel, das die Urlauber so schätzten, falsch vor. Wie konnte die Sonne scheinen, der Weizen im Wind wogen und das Grün der Wiesen so satt leuchten, wenn seine kleine Schwester einen Hirntumor hatte? Ava saß neben ihm und blickte auf die vorbeiziehende Landschaft. Sie weinte nicht, beschwerte sich nicht, forderte nichts. Manchmal wäre es Jacob lieber, wenn sie wenigstens einmal schreien und um sich schlagen würde, anstatt alles in sich hineinzufressen.

Die ganze Nacht lang wälzte Jacob sich hin und her. Was sollte er nur tun? Erst gegen Morgen fiel er in einen unruhigen Schlaf, schreckte wenige Stunden später hoch und hatte eine Idee. Es war ein Scheißplan, aber besser als gar keiner. Er musste es zumindest versuchen.

Am frühen Nachmittag ging er zu Sally und stellte noch ein paar Fragen zu dem Termin, den sie für Ava vereinbart hatte.

„Danke für die Auskunft“, sagte er. „Dr. Baumann fährt demnächst für ein paar Tage nach Boston, hat er gesagt. Ich habe auch noch Fragen an ihn. Bis wann kann ich ihn denn erreichen?“

Sally sah ihn mit zusammengekniffenen Augen an. Durchschaute sie ihn etwa schon? Jacob war ein miserabler Lügner. Sie räusperte sich. „Er hat ab nächsten Mittwoch Urlaub und die Konferenz beginnt am Samstag.“

Jacob nickte. „Gut, dann habe ich ja noch ein paar Tage Zeit, um mit ihm zu sprechen.“

Jacob weihte Tomah in seinen Plan ein, weil er seine Hilfe brauchte. Für solche zwielichtigen Angelegenheiten war Tomah sofort zu haben, er liebte einen kleinen Nervenkitzel.

„Aber Ava und Helen dürfen nichts davon wissen“, schärfte Jacob ihm ein.

„Klar doch.“

Tomah verfolgte Dr. Baumann nach der Arbeit und fuhr ihm hinterher, um herauszufinden, wo er wohnte. In der Nacht auf Mittwoch nahm Tomah eine kleine Veränderung an dem Jeep des Arztes vor, der dazu führte, dass dieser am Mittwoch in aller Früh fluchend vor seinem Wagen stand, weil er keinen Pieps mehr von sich gab. Jacob hatte bereits am Dienstag den Wagen gepackt und Ava sehr früh geweckt. Er hatte ihr gesagt, dass sie am Montag den Termin in Boston habe und er ein paar Tage früher fahren wolle, um mit ihr das Wochenende in Boston zu verbringen. Sie waren beide noch nie in der Stadt gewesen. Er fuhr los, nachdem er einen Anruf von

Tomah bekommen hatte. Er hatte die Nacht im Auto vor dem Haus des Arztes verbracht und informierte Jacob, sobald Licht hinter den Vorhängen zu sehen war. Jacob musste noch ein paarmal die Straße auf und ab fahren, bis Tomah erneut anrief.

„Was machen wir?“, fragte Ava verschlafen.

„Mach dir keine Gedanken, Kleines. Schlaf noch ein bisschen.“ Hoffentlich stellte Ava nachher keine Fragen und blieb so schweigsam, wie sie üblicherweise war.

Dr. Baumann hatte die Motorhaube geöffnet und raufte sich die Haare, als Jacob mit dem Cadillac um die Ecke bog. Langsam fuhr er an ihm vorbei und öffnete das Fenster. „Dr. Baumann! Haben Sie Probleme?“ Er bemühte sich, überrascht zu klingen.

„Herr Lafayette, sie schickt der Himmel. Sie sind doch Automechaniker.“

Jacob nickte, parkte den Wagen am Straßenrand und stieg aus. Mit ernster Miene beugte er sich über den Motor und prüfte ein paar Verbindungen. „Das sieht nicht gut aus“, sagte er, obwohl ein Handgriff gereicht hätte, um den Wagen wieder zum Laufen zu bringen. Zum Glück hatte der Neurologe offensichtlich keinen Schimmer von Motoren. „Der Jeep muss in die Werkstatt.“

„So ein Mist, was mache ich jetzt? Ich muss nach Boston.“

„Wirklich? Wir sind auch gerade auf dem Weg dorthin, am Montag hat Ava einen Termin.“

Dr. Baumann blickte ihn überrascht und etwas skeptisch an. „Was machen Sie hier in der Gegend? Sie wohnen doch in Kensington.“

So ein Mist, dachte Jacob. Ich sollte meine Pläne besser durchdenken. Was hatte er wohl in dieser schnieken Wohngegend direkt am Meer verloren, wenn er doch in die andere Richtung hätte fahren müssen, um die

Insel zu verlassen. „Ähm, wir haben nur für unsere Großmutter noch schnell etwas erledigt." In Gedanken schlug sich Jacob gegen die Stirn. Um diese nachtschlafende Zeit? Aber etwas Glaubhafteres war ihm auf die Schnelle nicht eingefallen.

Fragend zog Dr. Baumann die Augenbrauen zusammen.

„Wollen Sie mit uns fahren? Der Wagen ist groß genug", bot Jacob schnell an, bevor Dr. Baumann weiter nachfragen konnte.

Dr. Baumann blickte auf das riesige Schiff. „Da würde mein Koffer wohl noch reinpassen und auch die Destillieranlage, die ich meinem alten Chef bringen möchte. Ich wollte nämlich einen Abstecher über Alma machen, um ihn zu besuchen. Vielleicht sollte ich doch besser einen Mietwagen nehmen."

„Wir können gerne einen Umweg über Alma machen, wir fahren extra ein paar Tage früher, um unterwegs noch etwas anzusehen. Ava braucht ein bisschen Ablenkung. Außerdem bekommen Sie vor zehn Uhr keinen Mietwagen. Bis dann sind wir schon fast in Alma."

Prüfend blickte Dr. Baumann durch die Scheibe, wo Ava mit geschlossenen Augen auf dem Beifahrersitz saß. „Es macht Ihnen bestimmt nichts aus?"

„Nein. Lassen Sie den Schlüssel einfach im Wagen, ich rufe meinen Mitarbeiter an, damit er ihn in die Werkstatt bringt."

„Okay." Dr. Baumann hob seinen Koffer und einen großen Karton aus dem Wagen. „Das Gerät ist empfindlich. Es darf nicht hin und her geschüttelt werden."

„Alles klar." Jacob verstaute die Sachen im Kofferraum.

Ava, die wohl aufgewacht war oder gar nicht geschlafen hatte, wuchtete sich aus dem Beifahrersitz. „Guten Morgen, Dr. Baumann“, sagte sie.

„Guten Morgen, Ava. Hast du etwas dagegen, wenn ich mit euch nach Boston fahre?“

Sie schüttelte den Kopf und stellte keine weiteren Fragen. Braves Mädchen, dachte Jacob.

Dr. Baumann gab ihr die Hand. „Ich heiße Dominik, wenn wir jetzt schon so viel Zeit miteinander verbringen.“

Ava nickte und wälzte sich auf den Rücksitz.

„Du musst nicht nach hinten. Bleib ruhig vorn.“

Doch Ava war bereits auf die Rückbank geplumpst. Der Cadillac war groß genug, damit sie auch dort bequem sitzen konnte.

Jacob stieg ein und fuhr los, als zartrosa Streifen am Himmel den Aufgang der Sonne ankündigten. Er biss sich auf die Lippen. Was hatte er sich da nur für einen bescheuerten Plan ausgedacht? Er schielte zu Dominik, der aus dem Fenster über ein Feld mit erntereifen Karotten und die sich dahinter sanft wellenden Hügel blickte. Seine Haare waren verstrubbelt und die Augen waren noch etwas angeschwollen vom Schlaf. Er drehte sich zu Jacob und lächelte ihn an. Verdammt noch mal, er war so nett und noch dazu sah er gut aus. Jacobs schlechtes Gewissen wurde so übermächtig, dass er drauf und dran war, Dominik die Wahrheit zu erzählen. Sein Blick fiel auf Avas rundes Gesicht im Rückspiegel. Nein, es ging um seine Schwester, er würde die Klappe halten und die Sache durchziehen, wenn er auch noch nicht genau wusste, wie er erreichen konnte, dass Dominik Ava einen Termin bei Professor Zjang verschaffte.

Über die fast dreizehn Kilometer lange Brücke, die Confederation Bridge, die längste Brücke Kanadas, erreichten sie das Festland. Die Landschaft änderte sich, statt lieblicher Felder und Baumgruppen, kleiner Bauernhöfe und Dörfchen, säumten undurchdringliche Wälder den Highway. Wild, unkultiviert und von ganzen Gruppen abgestorbener grauer Baumgerippe durchsetzt, präsentierte sich New Brunswick viele Kilometer lang ohne Unterbrechung.

„Ich muss auf die Toilette." Es war das Erste, was Ava von sich gab, seit sie vor zwei Stunden losgefahren waren.

„Ein Kaffee und eine Kleinigkeit zu essen wären auch nicht schlecht", meinte Dominik. „Wir könnten nach Moncton reinfahren. Da gibt es einen Coffeeshop mit Buchladen, der sehr nett ist. Ich war schon ein paarmal da."

„Von mir aus." Jacob war noch nie in Mocton gewesen, obwohl er schon sein ganzes Leben lang in der Nachbarprovinz lebte. Überhaupt war er noch nicht viel herumgekommen. Seine Mutter war erst siebzehn gewesen, als sie ihn bekommen hatte und sein Vater neunzehn. Sie mussten hart arbeiten, um die Familie durchzubringen. Vor allem die ersten Jahre, nachdem ihr Vater die Werkstatt eröffnete, waren schwierig. Mehr als einmal stand sein Vater kurz davor, die Werkstatt schließen zu müssen. Ohne Tomah, der mehrmals bereit war, für ein paar Monate auf sein Gehalt zu verzichten, hätte er auch sicher nicht durchgehalten. Nachdem ihre Eltern gestorben waren, gab es ohnehin kein Geld mehr für Reisen. Bei Dominik sah das vermutlich anders aus. „Bist du viel unterwegs?"

„Ja, ich reise sehr gerne und versuche, mir an den Wochenenden und in den Ferien alles anzusehen, was ich mit dem Auto erreichen kann." Dominik sah ihn von der

Seite an. „Du hast ja mitbekommen, wie mein Chef sich über meine Flugangst lustig gemacht hat."

„Ursprünglich stammst du aus Deutschland, oder?"

„Ja, aus Berlin."

Jacob wusste, dass Berlin die Hauptstadt von Deutschland war, mehr allerdings nicht."

Wie lange lebst du schon auf der Insel?"

„Seit etwas mehr als drei Jahren."

„Wie bist du von Deutschland nach Kanada gekommen, wenn du Flugangst hast?", fragte Jacob.

„Ich habe mir ein Ticket ohne Rückflug besorgt, mich mit Beruhigungsmitteln vollgestopft und in den Flieger gesetzt. An den Rest kann ich mich nicht mehr erinnern."

Überrascht blickte Jacob ihn von der Seite an. „Warum hast du das getan?"

„Aus Liebeskummer."

„Ganz schön krasse Entscheidung." Dominiks Ehrlichkeit hatte etwas Schockierendes. Wer gab schon freiwillig zu, Liebeskummer gehabt zu haben?

„Ja, es war vielleicht ein bisschen übertrieben. Aber ich war so unglücklich, als mein Freund mich verlassen hat, dass ich eine große Veränderung gebraucht habe, um wieder zu mir zu kommen. Bisher habe ich es auch nicht bereut, wenn es auch ein ganz anderes Arbeiten und Leben ist, als in dem riesigen Klinikum in Berlin."

„Dein Freund?" Jacob schoss das Blut in den Kopf.

„Ja, ich bin schwul. Hast du ein Problem damit?"

Jacob schüttelte den Kopf und hielt sich krampfhaft am Lenkrad fest. Dominik war schwul und bekannte sich einfach so dazu, als ob nichts dabei wäre? Dieser nette und verdammt gutaussehende Mann, der da neben ihm saß und den er belog und ausnutzte, stand auch auf Männer? Scheiße! Konnte das Timing im Leben nicht einmal passend sein?

Dominik dirigierte ihn in die Innenstadt und sie betraten einen dunklen, verwinkelten Laden, der nach muffigen alten Büchern und frisch gemahlenem Kaffee roch. Irritiert blickte Jacob auf die grüne Tafel an der Wand, auf der etwa zwanzig verschiedene Kaffeezubereitungen angepriesen wurden. Einen normalen, gebrühten Kaffee gab es anscheinend nicht. Er entschied sich für einen Cappuccino, da wusste er zumindest, was ungefähr auf ihn zukam.

Dominik bestellte einen *Caffè shakerato*. „Ava, was möchtest du? Kaffee oder Kakao?"

„Kakao." Ava druckste herum. „Und einen Muffin."

Dominik nickte und bestellte.

Sie setzten sich an einen hohen Holztisch in der Mitte eines Raumes, der in das Antiquariat überging und Fenster zur Straße hatte.

Ava biss in den Muffin. „Ich weiß, ich sollte das nicht essen."

„Du hast ein Cushing-Syndrom, Ava", sagte Dominik mit sanfter Stimme. „Im Moment kannst du gar nicht gegen dein ständiges Hungergefühl ankommen. Das wird alles besser, wenn der Tumor weg ist."

Jacob runzelte die Stirn. „Der Tumor ist schuld an Avas Essgewohnheiten?"

„Das habe ich euch doch in der Sprechstunde erklärt. Durch den Tumor hat Ava zu viel Cortisol im Blut."

„Tut mir leid. Wir waren wohl beide so geschockt davon, dass Ava Krebs im Kopf hat, dass wir nicht so richtig zugehört haben."

„Es ist kein Krebs, sondern ein gutartiger Tumor."

„Es ist kein Krebs?", fragte Ava.

Dominik schüttelte den Kopf. „Ich befürchte, ich habe euch das nicht richtig erklärt. Wartet mal, ich versuche, ob ich hier ein Buch finde, mit dem ich euch alles zeigen kann." Er stöberte in den Regalen herum und kam mit einem zerlesenen Atlas für Kinder wieder, in dem der Körper erklärt wurde. Eine Seite, auf der ein Querschnitt des Gehirns abgebildet war, schlug er auf.

„Das hier ist die Hirnanhangsdrüse, die auch Hypophyse genannt wird." Er zeigte auf ein kleines Zäpfchen, das aussah, als würde es vom Gehirn herunterhängen. „Hier werden verschiedene Hormone gebildet. Das sind Botenstoffe, die wiederum auf andere Organe wirken, ihnen sozusagen Botschaften überbringen."

Jacob nickte. Er kannte die Geschlechtshormone und wusste auch von den Schilddrüsenhormonen. Helen hatte eine Unterfunktion und musste jeden Tag eine Tablette einnehmen.

„An deiner Hirnanhangsdrüse hat sich ein gutartiger Knoten gebildet, Ava, der unkontrolliert das Hormon ACTH ausschüttet."

Von diesem Hormon hatte Jacob noch nie gehört.

„ACTH stimuliert die Nebennierenrinde." Dominik blätterte in dem Buch und suchte eine Abbildung, auf der die Nieren zu sehen waren. „Sie liegen hier." Er zeigte auf die Oberseite der Nieren. „Die Nebennieren wiederum schütten deswegen zu viel Cortisol aus. Normalerweise wird das vom Körper streng reguliert, aber bei dir ist jetzt schon seit Jahren zu viel Cortisol im Blut. Das Cortisol hat dazu geführt, dass du so dick geworden bist, vor allem im Gesicht, am Nacken und am Bauch. Es führt auch dazu, dass Muskeln abgebaut werden, weshalb deine Beine so schwach sind. Außerdem sammelt sich Flüssigkeit im Gewebe und in den Gefäßen. Deshalb hast du einen zu hohen Blutdruck. Auch die Behaarung im Gesicht und die roten Streifen an deinem Bauch sind durch das Cortisol bedingt. Es kann sogar Depressionen machen."

Jacob starrte Dominik mit offenem Mund an. „Willst du damit sagen, dass der Tumor schuld an allem ist?"

Dominik nickte.

„Ich bin also nicht nur verfressen und undiszipliniert, wie alle sagen, sondern es ist eine Krankheit?" Avas Stimme war ein heiseres Flüstern.

„Ja, es ist der Tumor."

„Und wenn er weg ist?"

„Natürlich wird nicht alles sofort gut. Aber mit einer Ernährungsberatung und einer begleitenden hormonellen Therapie hast du gute Chancen, deutlich abzunehmen. Auch der Bluthochdruck und die Behaarung sollten dann verschwinden."

Tränen liefen Ava übers Gesicht.

„Hey, Ava", sagte Dominik leise und legte ihr die Hand auf den Arm. „Es tut mir sehr leid, dass ich dir das in der Sprechstunde nicht gut genug erklärt habe. Ich hätte genauer nachfragen sollen, ob du alles verstanden hast."

Krampfhaft klammerte Jacob sich an seiner Tasse fest und starrte auf das Herzchen aus Milchschaum, das auf dem Kaffee schwamm. Er hatte noch nichts getrunken und wusste auch nicht, wie er schlucken sollte. Seine Kehle war wie zugeschnürt. All die Jahre hatte Ava gelitten, weil sie einen Tumor hatte? Und niemand war auf die Idee gekommen, dass sie eine Krankheit haben könnte. Auch er nicht. Er machte sich bittere Vorwürfe, dass er die Aussagen ihres Hausarztes nicht hinterfragt und Ava zu anderen Ärzten gebracht hatte. Das würde nicht noch einmal geschehen. Dr. Zjang musste Ava sehen, auch wenn es Jacob völlig fertig machte, dass er Dominik hinterging. Dominik, der ihnen geholfen hatte, der nett zu Ava war und der ihr diese ungeheure

Erleichterung verschaffte, indem er sie von ihrer Schuld freisprach. Und der Dominik, der jetzt seine Hand auch auf Jacobs Unterarm legte, worauf seine Haut anfing zu brennen und sich Hitze in seinem ganzen Körper ausbreitete. „Alles in Ordnung? Du bist blass.“

Dass würde sich schnell erledigt haben, wenn sie weiterhin Hautkontakt hatten, dachte Jacob und zog den Arm weg. „Ich mache mir Vorwürfe, dass es nicht früher erkannt wurde.“

„Dafür kannst du doch nichts. Bei Kindern dauert es im Schnitt zwei Jahre, bis es richtig diagnostiziert wird und bei Erwachsenen vier bis fünf Jahre. Es ist eine seltene Erkrankung, an die man nicht sofort denkt.“

ALMA

Jacob

Jacobs Gedanken kreisten wild, während sie nach Alma weiterfuhren. Er konnte es nicht fassen, dass eine Operation Ava nicht nur von dem bedrohlichen Tumor im Gehirn befreien, sondern ihr auch wieder ein normales Leben schenken könnte. Vielleicht würde sie Freundinnen finden, mit denen sie ausgehen und Spaß haben konnte. Sie könnte einen Beruf erlernen. Vielleicht fand sie sogar einen Freund, einen Mann, mit dem sie eine Familie gründen würde. Jacob wusste, dass Ava heimlich davon träumte, Kinder zu bekommen, es jedoch für einen absurden, unrealistischen Traum hielt.

Die Fahrt verlief sehr schweigsam und wurde nur durch Avas leises Schluchzen auf der Rückbank unterbrochen. Am späten Vormittag erreichten sie Alma und Dominik dirigierte sie zu einem netten viktorianischen Haus etwas oberhalb des Städtchens mit einem schönen Blick über die Bay of Fundy.

Ein älteres Ehepaar trat aus der Tür und begrüßte Dominik überschwänglich, nachdem er ausgestiegen war.

„Das sind Jacob und seine Schwester Ava, die mich freundlicherweise mitnehmen. Mein Auto streikt."

„Schön, euch kennenzulernen." Professor Blunt und seine Frau führten sie ins Haus, wo bereits ein Mittagessen vorbereitet war.

„Nur eine Kleinigkeit", sagte Frau Blunt. „Heute Abend kochen wir Lobster. Ihr bleibt doch über Nacht."

„Wir können euch doch nicht zu dritt überfallen", wandte Dominik ein, der die beiden Katie und Robert nannte.

„Das ist kein Problem. Wir haben zwar nur ein Gästezimmer, aber es stehen drei Betten darin."

„Danke Dominik, dass du mir die Destillieranlage mitgebracht hast", sagte Professor Blunt, während sie aßen.

Seine Frau schüttelte den Kopf. „Was willst du denn mit dem antiquierten Ding?"

„Das ist reine Nostalgie. Das Gerät hatte eine entscheidende Bedeutung bei meiner Doktorarbeit und es sieht sehr dekorativ aus."

Frau Blunt schnaubte und schenkte ihrem Mann ein nachsichtiges Lächeln. „Unter dekorativ stelle ich mir etwas anderes vor."

Professor Blunt stellte Dominik Fragen zu seiner ehemaligen Abteilung und dieser deutete vorsichtig an, dass sich einiges verändert hatte und nicht unbedingt zum Besseren. „Gib Professor Moulder ein wenig Zeit, sich einzufinden, dann wird er deine Arbeit zu schätzen wissen", meinte Professor Blunt.

Dominik brummte.

Frau Blunt tippte Ava an, die schweigend neben ihr saß und ganz gegen ihre sonstigen Gewohnheiten nur im Essen herumstocherte. „Liebes, du bist so still. Geht es dir gut?"

Ava öffnete den Mund und schloss ihn wieder.

„Dominik hat uns heute Avas Krankheit erklärt. Wir haben die Zusammenhänge erst jetzt verstanden und sind beide ziemlich geschockt“, erklärte Jacob.

„Cushing-Syndrom“, mutmaßte Professor Blunt.

Jacob starrte ihn an und erneut überwältigte ihn das schlechte Gewissen. Es gab Ärzte, wie Professor Blunt, die Ava ansahen und sofort auf die richtige Diagnose tippten. Und er hatte sich nicht darum gekümmert, sie zu den richtigen Ärzten zu bringen.

Der Professor erhob sich und richtete das Wort an Dominik. „Warum nimmst du Jacob nicht für ein paar Stunden zum Wandern in den Fundy Nationalpark mit. Ich zeige euch auf der Karte einen schönen Rundweg, man kommt an einem See vorbei, in dem man schwimmen kann. Die Ablenkung tut Jacob bestimmt gut. Ich kann leider nicht mit, meine Hüften machen mir Probleme.“

Jacob wollte dankend ablehnen, doch Frau Blunt kam ihm zuvor. „Und wir beide, Ava, können wilde Blaubeeren sammeln und einen Pie backen, wenn du magst. Die Jungs haben sicher Hunger, wenn sie vom Wandern zurückkommen.“

Ava hob überrascht den Kopf. „Sehr gerne.“ Sie klang ehrlich erfreut und Jacob wollte ihr die Freude nicht verderben.

Eine dreiviertel Stunde später parkte Jacob den Wagen auf einem Parkplatz mitten im Wald und sie marschierten los. Wandern war nicht gerade Jacobs Lieblingsbeschäftigung, wohingegen Dominik den Eindruck machte, als sei er häufiger in dieser Form unterwegs. Er hatte richtige Wanderstiefel angezogen, eine Regenjacke und etwas zu trinken in einen Rucksack gepackt. Jacob dagegen trug kurze Hosen, T-Shirt,

Sneaker und hatte kein Gepäck. Es ging steil nach unten, über Wurzeln, Steine und Stechmücken schwirrten um sie herum.

„Möchtest du Insektenschutzmittel?", fragte Dominik. „Ich habe welches dabei." Er kramte in seinem Rucksack, zog eine Spraydose heraus und hüllte sich in eine Wolke von Insektenvernichtungsmittel.

Jacob lehnte dankend ab.

Schweigend gingen sie weiter. Am Vortag hatte es geregnet und der Boden war stellenweise aufgeweicht. Es roch modrig, Birken, Fichten und Büsche bildeten rechts und links des Weges ein undurchdringliches Gewirr. Der Wanderweg schlängelte sich an Felsen und abgestorbenen Bäumen vorbei zu einem Bachlauf. Moos überwucherte die Felsen und kniehohe Farne säumten das Ufer. Sie passierten das plätschernde Wasser an einer Furt, wobei Jacobs Füße nass wurden. Dann ging es bergauf, stromaufwärts entlang des Wasserlaufs. Sie kletterten über Felsen, die in der prallen Sonne weiß leuchteten, und streiften durch hohes Gras in Ufernähe. Jacob atmete ein paarmal tief durch. Von der Anstrengung spürte er seinen Herzschlag und Schweißtropfen perlten unter seinem T-Shirt über den Brustkorb. Langsam fiel die Last der Verantwortung von ihm ab. Ihm war klar, dass es nur für einen kurzen Moment war, aber es tat ihm unendlich gut. Normalerweise hatte er kein Auge für die Schönheit der Natur, dazu fehlte ihm die Muße. Doch in diesem Augenblick fand er den Anblick einer Baumwurzel, die sich um einen großen, mit Moos bewachsenen Felsblock gewunden und in den Boden eingegraben hatte, so bizarr und doch ungewöhnlich schön, dass ihm die Augen brannten. Und er hatte schon seit Jahren nicht mehr geweint.

Schweigend folgten Sie dem Bachlauf flussaufwärts, der sich über mehrere kleine Wasserfälle einen Weg nach unten suchte. Dominik war ein angenehmer Weggefährte, er ging in gemächlichem Tempo voraus, drehte sich immer mal wieder um, um sicherzugehen, dass Jacob folgte, ließ ihn aber mit seinen Gedanken allein. Allmählich wurde das sanfte Rauschen eines Wasserfalls in der Ferne lauter. Jacob blickte auf die Uhr, sie waren schon mehr als eine Stunde unterwegs. Den Wald hatten sie hinter sich gelassen und kletterten nun auf den Felsen neben dem Wasserlauf bergauf. Es gab keine hohen Bäume mehr, die ihnen Schatten boten, und die Nachmittagssonne brannte auf Jacobs Rücken. Nach weiteren zwanzig Minuten erreichten sie einen See, in den sich ein Wasserfall ergoss.

„Es ist wunderschön hier“, sagte Jacob und setzte sich auf einen Felsen.

Dominik holte die Wasserflasche aus dem Rucksack und schraubte sie auf. „Ja, traumhaft.“ Er hielt Jacob die Flasche hin. Dankbar nahm er sie entgegen. Seine Zunge klebte am Gaumen. Er trank mehrere große Schlucke, bevor er sie zurückgab.

Dominik zog sich das T-Shirt über den Kopf und die Schuhe aus. „Hier nicht zu baden, wäre eine Sünde.“

Mit angehaltenem Atem beobachtete Jacob, wie er die Hose öffnete und mitsamt seiner Shorts nach unten schob. Er konnte den Blick nicht von dem Penis abwenden, der zum Vorschein kam. Ein wunderschöner schwuler Schwanz, der voll zur Geltung kam, weil alles um ihn herum komplett abrasiert war. Wie er sich wohl anfühlte und wie er schmeckte? Jacob schluckte und bemerkte, wie Dominik, der sich in aller Ruhe von ihm betrachten ließ, breit grinste.

Dominik drehte sich um, was keineswegs besser war, denn die straffen runden Pobacken und die schmalen Hüften fachten Jacobs sündige Fantasien noch viel stärker an. Vorsichtig watete Dominik über die Steine ins Wasser. „Verdammt, ist das kalt“, rief er, ging aber tapfer weiter, bis er sich mit einem spitzen Schrei abstieß und mit schnellen Schwimmstößen auf den See hinausschwamm. Nach ein paar Metern drehte er sich auf den Rücken. „Jacob, komm rein. Wenn man sich erst mal an die Kälte gewöhnt hat, ist es herrlich.“

Mechanisch zog Jacob sich aus. Normalerweise hätten ihn keine zehn Pferde in einen kalten See gebracht, doch dieser traumhaft schöne Schwanz und der knackige Hintern wirkten auf ihn wie der betörende und vernichtende Gesang von Sirenen. Die Kälte des Wassers spürte er kaum, als er zu Dominik in den See stieg und anfing zu schwimmen.

„Warum hast du nicht gesagt, dass du auch schwul bist?“, fragte Dominik, als er ihn erreicht hatte.

„Ich bin nicht schwul.“

„Klar, bist du schwul. Ich dachte, du fällst gleich über mich her, so wie du mich mit den Augen verschlungen hast.“

„Blödmann“, krächzte Jacob heiser und bespritzte Dominik mit Wasser.

„Selber Blödmann.“ Dominik klatschte ihm eine riesige Ladung ins Gesicht.

„Na warte.“ Jacob hechtete auf ihn zu und tauchte ihn unter.

Dominik wehrte ihn halb ab, halb umfing er ihn mit den Beinen. Sie rauften, tauchten sich unter und erkundeten dabei gleichzeitig ihre Körper. Jacob wurde schwindlig, als sein Arm um Dominik lag und er mit ihm untertauchte. Er spürte die glatte Haut seines

Oberschenkels, ein Penis streifte seinen Unterbauch und ein Knie rammte in seinen Brustkorb. Japsend tauchte er auf und holte Luft, nur um von Dominik, der ihm quasi in die Arme sprang, wieder untergetaucht zu werden. Jacob konnte nicht widerstehen und ließ seine Hand über Dominiks Rücken und die Pobacken wandern. Weich, warm und verlockend fühlte sich die Haut unter seinen Fingern an. Wenn er das nicht sofort beendete, würde er einen Herzinfarkt bekommen. Vehement stieß er Dominik von sich, der sich jedoch sofort wieder auf ihn stürzte. Noch ein paar Minuten balgten und umarmten sie sich, doch dann schaffte Jacob es endlich, sich von Dominik zu lösen. Abrupt wandte er sich ab und schwamm zum Ufer zurück. Glücklicherweise war das Wasser so kalt, dass sein Schwanz, der zwischenzeitlich deutlich auf das Spiel reagiert hatte, keine Chance hatte, stehen zu bleiben. Schnell zog er die Hose und das T-Shirt wieder an. Langsam folgte ihm Dominik, doch, wie um ihn zu quälen, kletterte er noch eine Weile gemächlich über die Felsen und bot Jacob die Gelegenheit, ihn aus allen Winkeln zu betrachten. Und es gab nicht eine Ansicht, die Jacob nicht verführerisch fand.

Endlich zog er sich ebenfalls an und trank einen Schluck, bevor er Jacob die Flasche reichte. „Es weiß niemand, dass du schwul bist“, stellte er fest.

„Ich hatte noch keine Gelegenheit zu einer Partnerschaft und habe auch keine Zeit dafür. Warum sollte ich also meiner kleinen Schwester oder meiner Oma feierlich verkünden, dass ich theoretisch lieber Sex mit einem Mann als mit einer Frau hätte?“

Dominik lachte erst kurz, doch dann wurde seine Miene ernst. „In deinem Leben hat sich bislang noch nicht viel um dich gedreht.“

Jacob zog die Augenbrauen zusammen. „Das hört sich erbärmlich nach Selbstmitleid an.“

Dominik schüttelte den Kopf. „Nein, ganz bestimmt nicht. Aber ich fühle mich erbärmlich, wenn ich daran denke, dass ich mir das Leben nehmen wollte, nur weil mein Freund mich verlassen hatte.“

Erschrocken blickte Jacob ihn an. „Du wolltest dir das Leben nehmen?“

„Ich habe es nicht ernsthaft versucht, aber viel darüber nachgedacht. Robert war damals gerade für ein paar Wochen in Berlin. Zu dieser Zeit lebte er noch in Toronto und wir arbeiteten zusammen an einer internationalen Studie. Robert ist nicht nur Neurologe, sondern auch Psychiater. Er merkte, was mit mir los war, und bot mir seine Hilfe an. Er selbst wollte aus der großen Unilaufbahn ausscheiden und vor dem Ruhestand noch ein paar Jahre in einem kleinen Krankenhaus arbeiten. So bin ich mit ihm auf Prince Edward Island gelandet.“

KOPFSCHMERZEN

Dominik

Der Rest des Rundweges, der sie zurück zu Jacobs Auto führte, war viel leichter zu begehen. Ein breiter Pfad, auf dem sie streckenweise sogar nebeneinander gehen konnten, führte durch den Mischwald und nach einer knappen Stunde hatten sie das Auto wieder erreicht. Dominik versuchte ein paarmal, so nah neben Jacob zu gehen, dass sich ihre Handrücken streiften, doch Jacob wich jedes Mal schnell aus. Was ging nur in dem verschlossenen, schweigsamen Mann vor sich? Seine Reaktion, als er sich ausgezogen hatte, war eindeutig gewesen und trotz des kalten Wassers hatte Dominik seine Erektion gespürt, als sie in dem See gebalgt hatten. Hatte er Angst, sich zu outen? Es war seltsam. Seit Dominik Jacob zum ersten Mal in der Sprechstunde gesehen hatte, konnte er in seinem Gesicht lesen, wie in einem offenen Buch. Die Angst und das Entsetzen damals waren allerdings nicht schwierig zu erkennen gewesen. Wenn Jacob Ava ansah, konnte Dominik an Jacobs Miene Sorge und Verantwortungsgefühl erkennen. Seit sie gemeinsam unterwegs waren, stand Jacob permanent ein schlechtes Gewissen ins Gesicht geschrieben. Allerdings verstand Dominik nicht, warum das so war. Sicher machte er sich Vorwürfe, weil Ava sich so lange mit ihrer Krankheit herumschlagen musste, bevor die Diagnose gestellt wurde. Doch war das alles? Dominik las die Empfindungen Jacobs Gesicht ab, doch weil dieser so verschwiegen war, konnte er sie nicht einordnen. Diese geheimnisvolle Aura, die Jacob umgab, machte ihn ungeheuer interessant für Dominik. Auch körperlich fühlte er sich überraschend stark von Jacob angezogen. Er war ein paar Jahre jünger als er, überragte ihn um einen halben Kopf und hatte kräftige Arme und einen muskulösen Rücken von der harten körperlichen Arbeit. Die dunklen Ölspuren an Jacobs Nägeln und Händen waren sicher wie eintätowiert und der einsame Blick aus den dunklen Augen brachte Dominiks Herz zum Schmelzen. Seit Lias sich von ihm getrennt hatte, war ihm niemand mehr so nahe gegangen. An die Beziehung mit Aaron, wenn man das überhaupt so nennen konnte, dachte er nicht gerne und war froh, dieses unerfreuliche Kapitel vor einem halben Jahr zugeschlagen zu haben.

Als sie wieder zurück in dem netten Häuschen waren, das Katie von ihren Eltern geerbt hatte und in das sie immer hatte zurückkehren wollen, hatte Katie mit Ava einen *Blueberry Pie* gebacken. Ava war so entspannt, wie Dominik sie noch nie erlebt hatte. Sie wirkte fast schon fröhlich. Sicher lag es daran, dass sie sich nicht mehr schuldig fühlte und dass auch Katie und Robert sie weder komisch ansahen noch spöttische Bemerkungen machten. Der überraschte und glückliche Ausdruck in Jacobs Gesicht, als er bemerkte, wie gelöst Ava war, rührte Dominik. Wie gerne würde er dafür sorgen, dass Jacob häufiger so aussah.

Der Abend wurde sehr gemütlich, sogar Jacob taute ein wenig auf und erzählte davon, wie er die Werkstatt nach dem Tod der Eltern übernommen hatte. Allerdings hielt er übertrieben großen Abstand von Dominik, als leide er unter einer hochinfektiösen Krankheit.

„Ach, Ihnen gehört die Werkstatt an der Kreuzung in Kensington. Dann habe ich mein Auto auch schon bei Ihnen reparieren lassen."

Jacob lachte. „Ich hoffe, Sie waren zufrieden."

„Ich denke schon. Zumindest ist es danach wieder einwandfrei gefahren. Ein Mi'kmaq-Indianer hat sich damals um den Wagen gekümmert, daran erinnere ich mich noch. Wir haben uns über das Reservat auf Lennox Island unterhalten."

„Das ist Tomah, mein Mitarbeiter und ein guter Freund. Ohne ihn wäre ich nach dem Tod meiner Eltern verloren gewesen."

Bedächtig nickte Robert. „Es ist gut, wenn man in schwierigen Zeiten jemanden hat, der einem beisteht."

Dominik sah Robert an. „Das kann ich nur bestätigen. Ich weiß nicht, was ich damals, als es mir so schlecht ging, ohne dich getan hätte." Nachdem Lias ihn verlassen hatte, war Dominik zusammengebrochen. Er hatte sich zur Arbeit geschleppt und ansonsten nur in seiner Wohnung gesessen und an die Wand gestarrt. Mehrmals dachte er darüber nach, sich das Leben zu nehmen. Doch sogar dazu fehlte ihm der Antrieb. Drei Menschen halfen ihm damals: Robert, Jerko und Olaf. Jerko war der erste, der erkannte, wie es um ihn stand. Doch da Jerko auch mit Lias gut befreundet war, fiel es Dominik schwer, sich ihm zu öffnen. Jerko war sich dessen bewusst und empfahl ihm, eine Therapie zu machen. Er vermittelte ihn an Olaf, einen niedergelassenen Psychiater. Olaf schaffte es, ihn soweit zu stabilisieren, dass er wieder nach vorn blicken und sich über seine Zukunft Gedanken machen konnte. Während dieser Phase war Robert für zwei Wochen in Berlin und erkannte sofort, dass Dominik in einer Depression steckte. Sie führten lange Gespräche und als Robert ihm erzählte, dass er im darauffolgenden Jahr nach Prince Edward Island ziehen und dort eine Schlaganfallstation eröffnen würde, begann der Plan, nach Kanada auszuwandern, in Dominik zu reifen.

Robert tätschelte Dominiks Arm und lächelte ihn an. „Ich hoffe, du bereust es nicht, deine Karriere in Berlin aufgegeben zu haben, um mich zu unterstützen."

„Manchmal bereue ich es schon", gab Dominik zu. „Um ehrlich zu sein bin ich zurzeit etwas frustriert. Professor Moulder legt mir Steine in den Weg, wo immer er kann." Vermutlich sollte Dominik seinem alten Chef gegenüber so etwas nicht erwähnen, aber er wusste, dass Robert es nicht falsch verstehen würde.

„Ich denke, dass er sich von dir bedroht fühlt. Wie du ja weißt, hatte ich vorgeschlagen, dass du mein Nachfolger wirst, aber das ließ sich politisch nicht durchsetzen."

Dominik schnaubte. „Ein schwuler Deutscher, der die Neurologie leitet? Klar, dass das nicht denkbar war." Aus den Augenwinkeln bemerkte Dominik wie Jacob die Augen aufriss. Offensichtlich hatte er ein Problem damit, dass Dominik so offen mit seiner Homosexualität umging. Aber das war er von den Inselbewohnern gewohnt. Aaron war auch nicht in der Lage gewesen, zu seiner Neigung zu stehen.

„Würdest du lieber wieder nach Berlin ziehen?", fragte Katie und sah ihn besorgt an.

Dominik schüttelte den Kopf. „Ich kann mir nicht vorstellen, wieder in dieser Tretmühle zu schuften. Ich mag die Insel und ihre Bewohner, auch wenn sie manchmal ein wenig seltsam sind." Er grinste Jacob von der Seite an.

Katie lachte. „Sind wir nicht alle ein bisschen seltsam?"

„Warum haben Sie auf der Insel gearbeitet?", fragte Jacob an Robert gewandt. „Zuvor waren Sie doch in Toronto, oder?"

„Ich bin auf der Insel geboren und aufgewachsen."

„Ach so!"

„Ich liebe und hasse die Insel."

Fragend blickte Jacob ihn an.

„Mein Vater ist an einem Schlaganfall verstorben, als ich noch ein Kind war. Hätte es damals eine *stroke unit* auf der Insel gegeben, hätte er vermutlich überlebt."

„Das tut mir sehr leid."

„Nachdem ich Medizin studiert und Professor für Neurologie geworden war, gab es noch immer keine Schlaganfallstation und wenn man auf der Insel einen Schlaganfall hatte, konnte man nur auf Gottes Beistand hoffen."

„Robert hat die Station aufgebaut", mischte sich Dominik ein. „Er hat sich um die Finanzierung gekümmert und sie ärztlich geleitet."

„Mit deiner Hilfe, mein Lieber."

Dominik fühlte Jacobs bewundernden Blick auf sich. Es war ihm ein wenig unangenehm, doch er war auch stolz auf das, was Robert und er auf die Beine gestellt hatten. Das ließ ihn darüber hinwegsehen, dass es nun Professor Moulder war, der die Lorbeeren einsammelte.

Später lagen sie zu dritt im Gästezimmer. Ava und Jacob teilten sich das Doppelbett, während Dominik auf der Couch schlief. Es war unbequem und er konnte kein Auge zu tun. Auch Jacob schien nicht einschlafen zu können, denn er wälzte sich hin und her. Außerdem hörte Dominik, wie er sich ständig kratzte. Offensichtlich hatten einige Moskitos ihn erwischt.

„Ich habe ein Antihistaminikum gegen die Stiche dabei“, bot Dominik ihm leise an.

„Danke, gerne“, antwortete Jacob nach einer Weile.

Dominik schaltete die schwache Lampe neben dem Sofa an und kramte in seiner Reisetasche. „Hoffentlich wecken wir Ava nicht.“

„Keine Sorge, wenn sie schläft, dann weckt noch nicht einmal ein Hurrikan sie auf.“

Dominik schraubte die Tube auf und setzte sich auf die Bettkante. „Wo juckt es denn?“

Hektisch riss Jacob ihm die Tube aus der Hand. „Das kann ich selbst.“

„Klar, kannst du das selbst. Aber vielleicht ist es auch mal ganz angenehm, wenn jemand etwas für dich tut.“

Krampfhaft umklammerte er die Tube.

„Jacob, es tut mir leid, wenn ich dir zu nahegetreten bin. Ich komme aus Berlin, da ist man stolz darauf, schwul zu sein, und geht frei damit um. Außerdem bin ich sehr offen. Wenn ich jemanden mag, lasse ich es ihn wissen. Wenn es nicht auf Gegenseitigkeit beruht, steht es dem anderen frei, mir das zu sagen.“

„Ich will es nicht“, stieß Jacob gepresst hervor.

„In Ordnung, das akzeptiere ich. Gestattest du mir trotzdem, dass ich deine Mückenstiche versorge? Schließlich bin ich Arzt.“

Jacob nickte und hielt ihm zögernd den Arm hin. Langsam und ausdauernd verteilte Dominik das Gel auf den Schwellungen.

„Noch mehr?“

Jacob schlug die Decke zurück und ließ sich die Beine versorgen. Dominik genoss es, mit den Fingerspitzen über die feste Haut zu streichen, und er merkte, dass Jacob allein schon diese winzige Berührung erregte. Er verstand nicht, warum Jacob kategorisch alles Weitere ablehnte, aber er würde es respektieren. „Wo haben sie dich noch erwischt?“

„Am Rücken. Die Mistviecher haben durch das T-Shirt gestochen.“ Er zögerte einen Moment, zog dann aber das Shirt über den Kopf und drehte sich auf den Bauch.

Sanft bearbeitete Dominik die Stiche auf Jacobs Rücken. „Das war doch nicht so schlimm, oder?“, fragte er, während er die Tube wieder zudrehte.

„Nein“, brummte Jacob.

„Manchmal tut es gut, berührt zu werden.“ Dominik legte seine Hand auf Jacobs Schulterblatt und als er sich nicht wehrte, strich er ihm langsam über den Rücken. „Und es wird auch nichts geschehen, wenn du nicht ausdrücklich darum bittest.“ Bedauernd zog er seine Hand zurück. Er hätte Jacob gerne weiter gestreichelt, zumal es eindeutig war, wie sehr es ihm gefiel. Doch Jacob bat nicht darum. „Gute Nacht.“

„Gute Nacht“, flüsterte Jacob heiser.

Dominik konnte nicht einschlafen. Zum einen grübelte er darüber nach, warum Jacob so ablehnend war, obwohl sein Körper eindeutig auf ihn reagierte. Es konnten religiöse Gründe sein oder er akzeptierte seine Homosexualität nicht oder er hatte Angst vor einem Outing. Warum konnte Jacob ihm nicht einfach sagen, was los war? Zum anderen war die Couch entsetzlich unbequem. Egal, wie er sich hinlegte, schmerzten seine Schultern und sein Nacken. Ausgeleierte Federn piksten ihn und er hatte nicht genug Platz, um sich zu drehen. Erst gegen Morgen fiel er in einen unruhigen Schlaf und schreckte wenige Stunden später auf.

„Aua“, schrie er erschrocken. Er hatte vergessen, dass er unter einer Dachschräge lag und sich den Kopf an einem Balken angeschlagen. Er war so fest dagegen geknallt, dass er Sternchen sah. Fluchend rieb er sich den Kopf. Das würde eine dicke Beule geben.

„Alles in Ordnung?“ Ava setzte sich im Bett auf und sah ihn besorgt an.

„Nichts Schlimmes, ich habe mir nur den Kopf angeschlagen“, sagte Dominik, wenn sein Schädel auch anständig brummte.

„Hast du gut geschlafen?“, fragte Katie, die in der Küche stand und Pfannkuchenteig rührte.

„Ja, danke“, log Dominik.

Katie blickte auf. „Oh je. Ich habe Robert schon oft gesagt, dass wir das alte Sofa austauschen müssen. Du hast überhaupt nicht geschlafen. Das tut mir sehr leid. Trink erst einmal einen Kaffee.“ Sie holte eine Tasse aus dem Küchenschrank und goss ihm den gebrühten Kaffee ein.

„Danke.“ Dominik trank einen Schluck und vermisste seinen Kaffeevollautomaten. Er verstand nicht, warum man in Kanada und auch in den USA meist nur diesen faden Filterkaffee bekam. Trotzdem tat ihm das warme Getränk gut.

Kurze Zeit später erschienen Ava und Jacob, die noch im Bad gewesen waren. Ava half Katie bei der Zubereitung des Frühstücks und Jacob wich seinem Blick aus.

Nach dem Essen verabschiedeten sie sich von Katie und Robert und setzten ihre Reise nach Boston fort. Dominik war übel vor lauter Kopfschmerzen. Kurz bevor sie gefahren waren, hatte er eine Schmerztablette genommen und hoffte, dass sie bald wirken würde. Er war heilfroh, dass er nicht fahren musste.

Wie am Tag zuvor fuhren sie durch das kleine Städtchen Alma, doch an diesem Vormittag bot sich ein völlig anderes Bild. Während auf der Hinfahrt die Wellen gegen die Kaimauern geschlagen und Boote auf dem Wasser getanzt hatten, befand sich dort nun eine Steinwüste. Graue, von Algen bewachsene, abgeschliffene Steine in allen Größen bedeckten das Land über mehrere hundert Meter, bevor sich am Horizont das Meer in einem schmalen Streifen dunkel vom Himmel abhob. Die Boote lagen auf den Steinen und an der Höhe der Kaimauer konnte man sehen, dass der Wasserspiegel um viele Meter abgesunken war. Es begeisterte Dominik immer wieder, diesen ungeheuren Tidenhub zu beobachten. Es war der größte Tidenhub der Welt, der über dreizehn Meter betrug.

„Faszinierend, dass das Wasser sich hier so weit zurückzieht", meinte jetzt auch Jacob. „Prince Edward Island ist gar nicht weit weg und dort haben wir nur kleine Unterschiede zwischen Ebbe und Flut."

„Besonders krass ist es in Nova Scotia." Jacob blickte über die Steinwüste, das Meer und die Bay of Fundy. Auf der anderen Seite der Bucht lag die Provinz Nova Scotia. „Auf der einen Seite der Insel ist es wie bei euch und auf der anderen Seite hat man diese extremen Unterschiede."

„Warum eigentlich? Ich habe mir noch nie Gedanken darüber gemacht."

„Es hat etwas damit zu tun, dass die Bucht deutlich weniger tief ist, als der Ozean und sich am Eingang zu der Bucht eine Schelfkante befindet. Dadurch besteht in der Bucht eine besonders ausgeprägte Tidenresonanz. Allerdings habe ich auch nicht verstanden, was das bedeutet. Es hat etwas mit der Amplitude und der Wellenlänge der Gezeitenwelle zu tun und ist mir zu viel Physik."

„Oh je. Ich verstehe noch nicht einmal, wovon du da sprichst. Ich dachte, es gibt eine ganz einfache Erklärung."

„Leider nicht." Dominik hatte auch keine Kraft, weiter darauf einzugehen. In seinem Schädel spielte ein Vorschlaghammer verrückt.

SCHWINDEL

Jacob

Jacob fuhr mit gemächlicher Geschwindigkeit auf der rechten Spur. Jetzt wäre ein Tempomat hilfreich, aber solche Spielereien hatte der Cadillac natürlich nicht. Dennoch würde er sein Schmuckstück niemals gegen eines der modernen, mit Technik vollgestopften Autos eintauschen. Er blickte kurz zur Seite. Dominik war blass und hielt den Kopf seltsam steif. „Du siehst scheiße aus."

„Danke", brummte Dominik.

„Hast du so schlecht geschlafen?"

„Ich habe so gut wie gar nicht geschlafen."

„Wir hätten dir das Bett nicht wegnehmen dürfen."

„Das wäre ja noch schöner. Schließlich nehmt ihr mich nach Boston mit."

Jacob schwieg und wurde schon wieder von seinem schlechten Gewissen überrollt. Dass er ausgerechnet Dominik belügen musste! Am Vorabend war er so nett zu ihm gewesen. Noch immer konnte er die Fingerspitzen fühlen, die sanft über seine Haut glitten. Er hatte die Nägel in die Handballen gebohrt, um Dominik nicht an sich zu ziehen und ihn zu küssen. Wie er wohl schmeckte? Waren seine Lippen weich oder fühlten sie sich leicht rau an? Er durfte gar nicht an ihre Balgerei im Wasser denken, sonst würde sein Schwanz, der ohnehin schon zuckte, ein Zelt aus seiner Shorts machen. Das Gerangel war das Erotischste gewesen, was er jemals erlebt hatte. Dagegen waren die wenigen Male, die er Sex mit einem Mann auf der Toilette einer Bar gehabt hatte, nichts gewesen. Als ihm allmählich klar wurde, dass er schwul war, suchte er flüchtige sexuelle Kontakte. Danach wusste er zumindest sicher, dass er homosexuell war, aber der rein mechanische Akt der Vereinigung war nicht so erhebend gewesen, dass er weiterhin Bars aufsuchte. Es war auch zu anstrengend, auf Prince Edward Island kannte jeder jeden und er konnte nicht immer aufs Festland fahren, wenn er Sex wollte. Er befriedigte sich selbst und fand sich ansonsten damit ab, dass er schwul und partnerlos war. Niemals hätte er vermutet, wie stark der Sog sein konnte, der von einem Mann ausging. Er wollte Dominik berühren, riechen, schmecken und sich die Lage jeder der zahlreichen Sommersprossen einprägen, die sein Gesicht und seine Unterarme zierten. Doch er durfte es nicht. Er musste seiner Schwester zu dieser Operation verhelfen und danach würde Dominik ihn ohnehin hassen.

Sie passierten die Grenze bei St. Stephen, wo sie von den amerikanischen Beamten ausführlich darüber befragt wurden, was sie in den USA wollten und wann sie wieder zurückkehren würden. Besorgt beobachtete Jacob, wie Dominik immer blasser und ruhiger wurde. „Sollen wir vielleicht einen kleinen Spaziergang machen? Vielleicht hilft dir frische Luft."

„Versuchen können wir es ja."

Kurz hinter der kanadischen Grenze führte die Route 1 sie durch die nördlichen Ausläufer des Moosehorn National Wildlife Refuges. Jacob folgte einer einspurigen Straße, die von der Route abzweigte und folgte den

Schildern, die sie zum Ausgangspunkt eines Rundwegs führten. Er parkte den Wagen und drehte sich zu seiner Schwester um. „Kommst du mit?“

Ava schüttelte den Kopf. „Ich warte hier.“

Jacob nickte. Überrascht wäre er nur gewesen, wenn Ava sich ihnen angeschlossen hätte. Sie stiegen aus und folgten einem breiten Pfad durch den Wald, der bereits nach wenigen hundert Metern in ein sumpfiges Gebiet überging. Holzstege führten über den feuchten Untergrund und an einigen Stellen befanden sich Informationstafeln über die Flora und Fauna des Parks. Es handelte sich wohl um ein Schutzgebiet, das vor allem eingerichtet worden war, um Zugvögeln einen Ort zu bieten, an dem sie ungestört Rast machen konnten. Dominik spazierte in gemächlichem Tempo neben ihm her und wirkte nicht mehr ganz so mitgenommen.

„Das war eine gute Idee. Es geht mir schon besser“, meinte Dominik nach einer Weile.

Der Weg führte ein Stück an einem kleinen See entlang. Der Steg verlief auf Stelzen über eine Schilflandschaft, die weit in den See hineinwucherte. Zwei Vögel mit ausladenden Schwingen zogen majestätische Kreise über ihnen. Dominik schirmte mit der Hand die Augen ab, um sie besser beobachten zu können. „Das sind Adler! Wie wunderschön sie sind. Sind es Fischadler oder Seeadler? Ich kann es nicht erkennen.“

Jacob zuckte mit den Schultern. Er hätte es Dominik auch nicht sagen können, wenn sie direkt vor ihm auf dem Weg gelandet wären. Doch er freute sich über Dominiks Begeisterung. Wehmut ergriff ihn. Er würde so gern Dominiks Hand nehmen oder ihn an sich ziehen, um ihn zu küssen. Sie waren allein in dieser schönen Landschaft und Jacob verlangte es danach, Dominik zu zeigen, dass er ihn mochte und begehrte. Doch er hatte Jacobs Angebot kategorisch abgelehnt, weil es schon schlimm genug war, mit welch unfairen Mitteln er ihn in seinen Wagen gelockt hatte. Er hatte Dominiks Zuneigung nicht verdient. Schweigend folgten sie dem Trail und es dauerte nicht lange, da waren sie wieder zurück am Parkplatz, wo Ava noch immer im Wagen saß und mit dem Handy spielte.

„Wollen wir etwas essen?“ Jacob ließ den Wagen an und fuhr die schmale Straße zurück.

„Gerne. Ich suche ein Restaurant“, meinte Dominik und zückte sein Handy. „Wir müssten nur einen kleinen Umweg nach Baileyville machen. Dort gibt es das *Nook & Cranny*, das zumindest im Netz sehr nett aussieht.“

„Dann fahren wir dorthin.“

Wenig später betraten sie das Restaurant, das von außen sehr schlicht wirkte, innen aber gemütlich dekoriert war, mit orangefarbenen Wänden, vielen Bildern und Blumen. Die Tische waren sogar mit Tischdecken versehen und schön eingedeckt.

„Das sieht aber edel aus“, meinte Ava und blickte verlegen an sich herab.

Eine Kellnerin lächelte sie freundlich an und führte sie zu einem Tisch. Dominik bestellte ein Crêpe mit Meeresfrüchten, Jacob ein Steak und Ava Hühnchen. Dominik wirkte wesentlich entspannter, doch kaum hatte er die ersten Bissen zu sich genommen, wurde er wieder blass.

„Alles in Ordnung?“

„Ich habe mich wohl zu früh gefreut“, murmelte er und kämpfte mit dem Essen. Er kramte nach einer Tablette in seiner Hosentasche und nahm sie mit einem Schluck Eistee.

„Kopfschmerzen?“

Dominik nickte. „Und Übelkeit.“ Er ließ fast den ganzen Crêpe zurückgehen. „Es tut mir leid“, sagte er, als die Kellnerin abräumte. „Das Essen schmeckt hervorragend, es geht mir nur nicht so gut."

„Soll ich die Reste einpacken."

Er schüttelte den Kopf. „Nein, danke."

Sie setzten die Reise fort, doch drei Stunden später stöhnte Dominik neben ihm auf. „Es tut mir leid", sagte er. „Ich kann nicht weiter. Ich muss ins Bett."

„Klar, kein Problem. Wir suchen ein Motel."

Jacob hielt kurz an und suchte mit Hilfe des Smartphones nach einer passenden Unterkunft. „Wenn wir noch eine halbe Stunde fahren, kommen wir nach Freeport. Dort gibt es ein günstiges Hotel mit guten Bewertungen. Es sei ruhig und die Betten bequem."

„Das schaffe ich noch."

Jacob buchte zwei nebeneinanderliegende Zimmer und gab Dominik einen Schlüssel. „Leg dich schon hin, ich bringe dir deinen Koffer."

„Danke."

Jacob lud den Wagen aus und brachte Dominik den Koffer und eine Flasche Wasser. Dominik lag bereits zusammengerollt unter der Bettdecke, als er die Tür öffnete. „Brauchst du noch etwas?"

„Nein, nur Schlaf."

„Bis morgen."

Nicht weit vom Hotel entfernt befand sich ein Shopping Outlet und Jacob verbrachte den Rest des Nachmittags mit Ava dort. Sie besorgten ein bisschen Krimskrams fürs Haus als Geschenk für Helen, die gerne mal umdekorierte. Touristen aus aller Welt hasteten, beladen mit großen Tüten, an ihnen vorbei und stürmten die Läden. Ava hängte sich bei ihm ein und wirkte entspannt. Niemand kannte und beachtete sie in dem

Gedränge und Jacob war erleichtert, dass sie für ein paar Stunden alles vergessen konnte, was vor und was hinter ihr lag. Er betrachtete die Auslage eines Markenshops für Jeans und daneben sein Spiegelbild in der Scheibe. Die ausgebeulten Shorts und das schlabbrige T-Shirt waren nicht sehr vorteilhaft. Eigentlich machte er sich nichts aus Kleidung, doch plötzlich hatte er das Bedürfnis, sich eine gutsitzende Hose zu kaufen. Sie betraten den Laden und er verschwand mit drei verschiedenen Modellen in der Umkleidekabine.

Ava brachte ihm noch ein dezent gemustertes Hemd. „Zieh das dazu an." Sie legte den Kopf schief. „Mir hat die erste Jeans besser gefallen. Du bist nicht so der Typ für diese hippen Schnitte. Nimm etwas Klassisches, das betont deinen Hintern besser."

Jacob zog die Augenbrauen hoch.

Ava lachte eines ihrer seltenen Lachen. „Du hast einen hübschen Po und kannst ihn ruhig zeigen."

Er zog das Hemd dazu an und betrachtete sich im Spiegel. Überrascht stellte er fest, dass er gar nicht schlecht aussah. Er hatte eine männliche Figur mit breiten Schultern, schmalen Hüften und gute Proportionen.

Ava hatte noch ein paar Sneakers aus braunem Wildleder gefunden, sportlich, aber ebenfalls eher klassisch. Jacob drehte das Preisschild um. „Das ist alles viel zu teuer."

„Gönn dir doch auch mal etwas", sagte Ava. „Du arbeitest so viel und hast es dir wirklich verdient. Außerdem siehst du in den Sachen echt klasse aus."

Jacob befühlte den feinen Stoff des Hemdes. Eigentlich sollte er das Geld nicht ausgeben. Für die Operation würden sie jeden Cent benötigen.

„Denk nicht darüber nach, kauf es dir einfach", sagte Ava.

„Na gut“, seufzte Jacob, zog die Sachen wieder aus und zückte seine Kreditkarte.

„Möchtest du dir nicht auch etwas Schönes zum Anziehen kaufen“, fragte er, als er mit einer edlen Papiertüte, die mit dem Markenlabel bedruckt war und in dem, sorgfältig zusammengefaltet, sein neues Outfit lag, neben Ava aus der Tür trat.

„In meiner Größe gibt es nichts Schönes. Aber vielleicht wird es wieder etwas geben, wenn die Operation vorbei ist und es stimmt, was Dominik sagt.“

„Dann kaufen wir zusammen ein“, versprach Jacob.

Sie aßen zu Abend und fuhren zurück zum Hotel. Jacob überlegte, ob er nach Dominik sehen sollte, doch er wollte ihn nicht wecken und ließ es daher bleiben.

Als sich Jacob ab nächsten Morgen gerade im Bad die Zähne putzte, ertönte ein dumpfer Schlag aus dem Nachbarzimmer. Er trat aus dem Bad und sah Ava an. „Was war das?“

„Es kam aus Dominiks Zimmer. Du solltest nach ihm sehen.“

Jacob spülte sich den Mund aus und zog ein T-Shirt an. „Ich gehe rüber.“

Ava nickte.

Jacob klopfte an die Zimmertür. „Dominik, ist alles in Ordnung?“

„Hilfe!“

Rasch öffnete Jacob die Tür und trat ein. Dominik lag neben dem Bett auf dem Boden und hielt die Hände vors Gesicht.

Jacob kniete sich zu ihm und berührte ihn an der Schulter. „Um Himmels willen. Was ist passiert?“

„Alles dreht sich. Ich weiß gar nicht mehr, wo oben und unten ist.“

„Ich helfe dir erst einmal wieder aufs Bett.“ Jacob fasste unter Dominiks Achseln und hob ihn an.

„Scheiße, alles dreht sich“, wiederholte Dominik, krallte sich an Jacob fest und erbrach sich.

Als er wieder auf dem Bett lag, rollte Dominik sich zusammen und stöhnte.

„Ich rufe den Notarzt.“

„Nein, warte erst noch mal. Vielleicht ist es nur ein benigner Drehschwindel.“

„Ein was?“

„Das wäre nichts Schlimmes und im Moment kann ich sowieso nirgendwo hin, noch nicht einmal ins Krankenhaus“, murmelte Dominik. Er hielt die Augen geschlossen und hatte die Hände vor dem Gesicht.

„Ich gehe kurz zu Ava und sage ihr, was los ist. Sie macht sich auch Sorgen, weil sie dich hat fallen hören.“

Dominik antwortete nicht.

Jacob informierte Ava und zog sich ein frisches T-Shirt und frische Shorts an.

„Gib mir die Sachen, ich wasche sie kurz aus“, bot Ava an. „Dominiks Kleider sind vermutlich auch schmutzig. Bringst du sie mir?“

Jacob nickte und hastete zurück zu Dominik. Er wischte das Erbrochene vom Boden auf und setzte sich dann auf die Bettkante. „Ist dir noch so schwindelig?“

„Solange ich ganz ruhig liege, geht es. Aber sobald ich den Kopf anhebe, dreht sich wieder alles.“

„Was machen wir jetzt?“

„Wenn es mir ein kleines bisschen besser geht, gibt es eine neurologische Untersuchung, mit der ich ziemlich sicher feststellen kann, ob es ein benigner Lagerungsschwindel ist. Aber du müsstest sie durchführen.“

„Kann ich das denn?“

„Wenn ich es dir erkläre, kannst du das. Aber wir müssen noch warten, momentan geht gar nichts."

„In Ordnung." Jacob schwieg einen Moment und betrachtete das zusammengekauerte Häufchen Elend. „Du hast Erbrochenes auf dem Shirt und der Shorts. Soll ich es dir ausziehen?"

„Besser wäre das. Sonst hältst du es nicht lange hier aus." Dominik stöhnte leise. „Es tut mir leid. Dich habe ich wohl auch vollgekotzt."

„Das ist nicht schlimm." Vorsichtig, um Dominik so wenig wie möglich zu bewegen, zog Jacob ihm das T-Shirt über den Kopf und die Hose aus. Er brachte Ava die Sachen, holte Eis und machte ein Handtuch nass. „Magst du einen Eiswürfel gegen den schlechten Geschmack im Mund lutschen?"

„Ja."

Er schob Dominik einen Eiswürfel in den Mund, wusch ihm sanft das Gesicht und entfernte die Reste von Erbrochenem von seinen Armen und Beinen. Dann legte er die Decke über seinen nackten Körper.

„Heute kann ich hier nicht weg."

„Ich gehe gleich zur Rezeption und buche die Zimmer für eine weitere Nacht."

„Es tut mir leid, dass ihr wegen mir festsitzt."

„Kein Problem."

„Zum Glück ist Avas Termin erst am Montag."

Jacob schloss kurz die Augen. Was war er nur für ein verdammter Lügner? Was hatte er sich dabei gedacht? Er verlängerte die Zimmer und frühstückte mit Ava, die sich daraufhin mit ihrem Laptop aufs Bett setzte und chattete. „Ich bin bei Dominik", sagte Jacob.

„Klar."

„Wie geht es dir?"

„Etwas besser“, meinte Dominik. „Ich muss unbedingt auf die Toilette. Deshalb bin ich vorhin aufgestanden und dann gleich auf den Boden geknallt. Und ich muss duschen und die Zähne putzen. Ich fühle mich grauenhaft.“

„Kann ich dir helfen?“

„Ich rutsche auf dem Boden ins Bad, dann geht es vielleicht. Hilfst du mir aus dem Bett?“

Dominik klammerte sich an ihm fest, als er ihn langsam auf den Boden sinken ließ. „So ohne Gleichgewichtssinn ist man komplett hilflos“, ächzte er.

Langsam schob er sich auf dem Boden sitzend ins Badezimmer und schloss die Tür.

„Rufe mich, wenn du mich brauchst.“ Jacob setzte sich auf einen Stuhl und lauschte dem Plätschern des Urins und der Spülung. Danach quietschte die Duschwanne. „Kannst du mir bitte die Dusche anmachen“, bat Dominik.

Jacob öffnete die Badezimmertür, wo Dominik in der Duschwanne saß und sich an den Wänden festhielt. Er hatte die Augen geschlossen. Jacob nahm den Duschkopf aus der Halterung, stellte die Temperatur ein und gab ihn Dominik. Er betrachtete das blasse Trapez seines Rückens, an den Schultern etwas breiter, schmaler an den Hüften. Zu gerne hätte er ihm über den Rücken gestrichen, so wie Dominik es in Alma bei ihm getan hatte.

Einige Zeit später saß Dominik auf dem Bett und erklärte Jacob, wie er ihn hin und her schwenken sollte, um ihn dann schnell auf eine Seite stürzen zu lassen.

„Du musst die Flüssigkeit in meinem Innenohr zum Schaukeln bringen. Wahrscheinlich haben sich Steinchen in einem Bogengang gelöst, die mein Gleichgewichtsorgan stören."

Zuerst versuchten sie es zu Dominiks linker Seite. Er schüttelte den Kopf und richtete sich wieder auf. Jacob schaukelte ihn hin und her und warf ihn dann mit Schwung auf die rechte Seite. Dominik schrie auf und streckte die Hände nach ihm aus.

„Was ist mit deinen Augen, die zucken wild hin und her?", rief Jacob erschrocken und nahm seine Hände.

„Das ist ein Nystagmus", keuchte Dominik. Er atmete heftig. „Es ist der rechte hintere Bogengang. Benigner Lagerungsschwindel. Das geht wieder weg." Stöhnend zog er die Beine an und rollte sich zusammen. „Wir müssen diese Übungen ein paarmal machen, um die Steinchen auszuschwemmen. Aber nicht jetzt. Ich brauche eine Pause."

„Soll ich dir ein Shirt und eine Hose bringen?", fragte Jacob. Dominik war noch immer nackt.

„Später."

Jacob betrachtete Dominiks zusammengerollten Körper und ohne, dass er es kontrollieren konnte, bewegte sich sein Arm und seine Hand legte sich auf Dominiks Oberarm. „Tut dir eine Berührung auch gut?", fragte er.

„Ich schäme mich", sagte Dominik leise. „Ich bin komplett abhängig von dir und habe dich vollgekotzt."

„Das ist kein Grund, sich zu schämen." Jacob streichelte ihn mit dem Daumen. Wenn jemand Grund hatte, sich zu schämen, dann er.

„Ja, es tut gut." Es war nur ein heiseres Flüstern.

Jacob zog sein T-Shirt über den Kopf und streifte die Hose ab. Dann kletterte er zu Dominik ins Bett, legte sich dicht hinter ihn und zog die Decke über sie beide. „Ist das in Ordnung für dich?", fragte er und legte den Arm um ihn.

Dominik schluchzte leise und legte seine Hand auf Jacobs. Ihre Finger verschränkten sich.

Jacob atmete tief ein und ließ sich von der Empfindung, Dominik so dicht vor sich zu spüren, überwältigen. Seine kühle glatte Haut, sein Geruch, das Kitzeln seiner Haare im Gesicht. Er schloss die Augen und versuchte, den Augenblick in sein Gedächtnis zu brennen, als Erinnerung für all die kommenden einsamen Nächte.

„Jetzt muss du dich auch noch um mich kümmern“, flüsterte Dominik. „Offensichtlich ist es dein Schicksal, dass du immer für alle sorgen musst.“

„Das macht nichts“, hauchte Jacob ihm ins Ohr. „Es fühlt sich gut an, sich um dich zu kümmern.“

Sie verbrachten den ganzen Tag eng aneinander gekuschelt im Bett. Zwischendurch wiederholten sie die Übungen und Jacob sah nach Ava, die im Nachbarzimmer mit dem Laptop beschäftigt war.

„Geht es Dominik besser?“, fragte sie.

„Es geht ihm etwas besser. Wenn ich es richtig verstanden habe, rollen Steinchen in seinem Gleichgewichtsorgan herum. Wir versuchen, sie mit Lagerungsübungen auszuschwemmen.“

Ava nickte.

„Es tut mir leid, dass du den ganzen Tag im Zimmer herumsitzen musst. Möchtest du nochmal zum Outlet fahren?“

„Nein, bleib nur bei Dominik.“

„Dann lass uns wenigstens etwas essen gehen.“

„Hat Dominik keinen Hunger?“

„Doch, aber er kann noch nicht aufstehen. Wir bringen ihm etwas mit.“

Dominik knabberte ein paar Salzbrezeln und trank einen Schluck Cola. „Kannst du mir bitte aus dem Bad eine Kopfschmerztablette bringen? Sie müssten im Kulturbeutel liegen.“

Als Jacob den Kulturbeutel öffnete, fand er dort nicht nur die Tabletten, sondern auch eine Packung Kondome und Gleitgel. Allein bei dem Anblick wurde ihm glühend heiß.

Gegen Abend ging es Dominik schon wieder so gut, dass er sich an der Wand entlang ins Badezimmer hangeln konnte. Jacob hörte, wie er sich die Zähne putzte und erneut duschte.

„Soll ich heute Nacht sicherheitshalber bei dir schlafen“, bot Jacob ihm an, als er wieder im Bett lag.

„Das wäre sehr schön.“ Ihre Blicke trafen sich und Jacobs Herz stolperte. Die Kondome, Dominiks nackter Körper, der unter der Decke auf ihn wartete und sein glühender Blick! Er konnte diesem Angebot nicht länger standhalten und er wollte es auch nicht. Und er würde Dominik die Wahrheit sagen – danach. Er konnte ihn nicht länger belügen.

Nachdem er Ava informiert hatte, dass er die Nacht bei Dominik verbringen würde, duschte er sich ausgiebig und putzte die Zähne. Bevor er nackt unter die Decke kroch, holte er die Kondome und das Gleitgel. Dominik lag wie den ganzen Tag schon auf der linken Seite und hielt die Augen geschlossen. Jacob legte den Arm um ihn, sein Herz trommelte gegen den Brustkorb. Vorsichtig verteilte er Küsse auf Dominiks Schulter und Hals. Die Haut war so weich und er roch so gut. Er ließ seine Hand über Dominiks Bauch gleiten und streichelte seine Hüfte. „In deiner Kulturtasche habe ich Kondome und Gleitgel gefunden“, flüsterte er Dominik ins Ohr. „Wäre es in Ordnung, wenn ich sie benutzen würde?“

„Mehr als in Ordnung. Aber ich kann nicht viel machen, sonst dreht sich wieder alles."

„Aber ich darf alles machen?"

„Du darfst alles machen."

EINE NACHT

Dominik

Dominik schloss die Augen und gab sich der seltsamen Stimmung hin, in der er sich befand. Die Welt um ihn herum schwankte und drehte sich, er war erschöpft und eine gewisse Gleichgültigkeit beherrschte ihn. So stellte er sich einen Drogenrausch vor. War es gut, sich in diesem Zustand auf Sex einzulassen? Jacob würde die Situation nicht ausnutzen, er vertraute ihm. Er hatte auch vorher schon mit Jacob schlafen wollen und vielleicht war das die einzige Gelegenheit. Jacobs Hände, die sanft über seinen Körper strichen, und die Lippen, die ihn auf den Hals und die Wange küssten, entführten ihn sanft aus seinen Überlegungen und hin zu einem Ständer, der langsam Formen annahm.

Jacob erkundete ihn, als habe er noch nie einen Körper berührt. Ohne Eile ertastet er mit seinen Fingerspitzen Dominiks Brustkorb, seine Brustwarzen, zog eine Linie über den Bauch bis kurz vor die Peniswurzel. Als wolle er sich diesen Bereich für später aufsparen, schwenkte er zur Seite und auf die Hüfte, folgte dem Verlauf des Oberschenkelknochens bis zur Kniekehle, malte einen Kreis auf der Kniescheibe und strich dort zurück, wo sich die beiden Oberschenkel seiner angewinkelten Beine berührten. Die Welt hörte auf, sich zu drehen, und Jacobs Hand wurde zum Gravitationszentrum, auf das Dominik sich fokussieren konnte.

Dominik stöhnte leise, als Jacob endlich über seine Pobacken strich und seinen Mittelfinger durch die Ritze zog. Federleicht streifte er seinen Eingang, bevor er sich wieder entfernte und seinem Penis einen Besuch abstattete. Jacob richtete sich auf und beugte sich über ihn. Gemächlich küsste er sich von der Hüfte über den Unterbauch auf den Schaft. Er leckte über die empfindliche Eichel und nahm den Schaft küssend und sanft saugend auf. Mit den Fingerspitzen streichelte er über die Hoden, während er langsam am Schaft auf und ab glitt. Dominik vergaß alles um sich herum, rollte auf den Rücken und ließ die Knie auseinanderfallen, damit Jacob besseren Zugang hatte. Sanft und ohne Eile verwöhnte er Dominik und schickte warme Wellen durch seinen Körper, indem er hauchzarte Kreise um seinen Ringmuskel zog. Quälend langsam wurden die Kreise kleiner und der Druck größer, bis Jacobs Fingerkuppe den Widerstand durchbrach und sich in ihn schob. Dominik wollte Jacob ansehen und öffnete die Augen, doch sofort drehte sich die Zimmerdecke und er musste würgen.

Rasch zog Jacob den Finger aus ihm. „Soll ich aufhören? Ist es zu viel?“

„Bitte mach weiter. Aber ich kann mich nicht rühren. Mir wird sofort schwindelig, wenn ich nur die Augen aufmache.“

„Dann lass sie zu.“ Beruhigend streichelte Jacob seinen Bauch, bevor seine Hand wieder zwischen die Beine wanderte, seinen Ständer liebkoste und seinen Muskel massierte und dehnte. Er nahm einen zweiten Finger dazu und schob sich tiefer in ihn. Stöhnend drängte

Dominik sich den Fingern entgegen, die ihn kreisend weiteten, während Jacobs andere Hand die Brustwarzen streichelte und spielerisch an ihnen zupfte.

„Bist du bereit?“, flüsterte Jacob ihm ins Ohr.

Als Dominik ihm ein „Ja“ entgegenstöhnte, drehte er ihn sanft zurück auf die Seite. „Geht es so?“

Der Lagerungswechsel verursachte trotz der Erregung einen erneuten Schwindel und die Matratze schwankte unter Dominik wie ein Schiff auf hoher See. „Einen kleinen Moment brauche ich noch.“ Er hörte, wie Jacob die Kondompackung aufriss und das leise Quietschen als er es sich überzog. Dann fingen seine Hände wieder an, ihn mit federleichten Berührungen zu streifen. Wie ein warmer Luftzug strichen die Finger über die Brust, den Bauch, die Schenkel und den Po, wo sie länger verweilten, den Druck verstärkten und sich zwischen seine Backen drängten. Dominik entspannte sich wieder und ließ sich von Jacobs Fingern entführen, die sich tief in ihn vorwagten und ihn erneut dehnten. Jacob bewegte sich hinter ihm und positionierte die harte Spitze seiner Eichel vor Dominiks Eingang. Mit sanftem Druck überwand er den Widerstand, schob sich in ihn und stöhnte leise. Sein Atem steifte Dominiks Hals, während er ihn näher zu sich zog und den Arm um ihn legte. Langsam und vorsichtig begann er, sich in ihm zu bewegen, doch nach wenigen Sekunden packte er Dominiks Hüfte und stieß zu. „Bin ich zu heftig?“, keuchte Jacob.

Dominik lachte leise und schob den Po noch tiefer in Jacobs Schoß. „Nein.“

Heftig atmend stieß er noch einige Male zu, bevor er den Arm wieder um Dominik legte, ihn streichelte und Küsse auf seinen Schultern verteilte. Wimmernd bog Dominik den Rücken durch, als Jacob schließlich mit festem Griff seinen Schwanz umfasste und ihn im Rhythmus seiner Stöße bearbeitete. Kurz bevor Dominik kam, verlangsamte er seine Bewegungen, streichelte und küsste ihn, bis die Erregung etwas abgeflaut war, nur um mit neuer Kraft zuzustoßen. Dominik ließ sich von ihm führen und treiben, bis ihn der Orgasmus schließlich überrollte. Noch während die erlösenden Wellen durch seinen Körper wogten, kam auch Jacob in ihm und klammerte sich an ihn. Sie lagen dicht aneinandergedrängt, bis sie langsam wieder zu Atem kamen. Schweißtropfen perlten zwischen ihren Körpern auf das Laken. Jacob rückte kurz von ihm weg, um das Kondom abzustreifen. Sofort vermisste Dominik seine Hände und den Atem an seinem Ohr. Doch Jacob ließ ihn nicht lange warten, sondern legte sich wieder dicht hinter ihn und streichelte ihn, während eine wohlige Mattigkeit Dominiks Glieder schwer werden ließ und er einschlief.

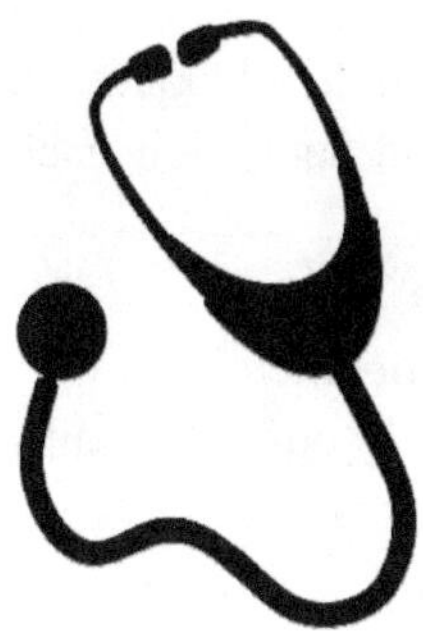

DIE WAHRHEIT

Jacob

Noch bevor Jacob richtig aufwachte, nahm er das ungewohnte Gefühl eines Körpers vor sich wahr. Seine Wange lag an einem schlafwarmen Rücken und seine Hand steckte zwischen Dominiks Oberschenkeln. Er atmete ruhig und gleichmäßig. Jacob rieb seine Wange leicht an Dominiks Schultern, um noch einmal das Gefühl seiner glatten Haut zu genießen. Er musste ihm die Wahrheit sagen! Sobald sie angezogen waren, würde er ihm alles gestehen. Er hielt es nicht mehr länger aus. Er hatte mit ihm geschlafen, ihn geliebt, war ihm so nahegekommen, wie noch keinem Menschen zuvor.

Vorsichtig zog Jacob sich zurück, küsste Dominik ein letztes Mal auf den Hals und schlüpfte in seine Kleider. Ava schlief noch, als er ins Bad ging, um sich zu duschen.

Etwa eine halbe Stunde später klopfte er an Dominiks Tür.

„Komm rein." Dominik saß angezogen auf dem Bett und lächelte ihn an. „Hast du gut geschlafen?"

Jacob nickte, ein Kloß steckte in seinem Hals.

„Es geht mir schon viel besser", meinte Dominik. „Mir ist zwar noch ein bisschen schwindelig, aber ich denke, wir können heute nach Boston fahren. Vielleicht kann ich mich auf die Rückbank legen und Ava setzt sich nach vorn."

Jacob nickte. Wie sollte er Dominik erklären, was los war, wenn er noch nicht einmal mehr sprechen konnte?

Langsam verschwand das Lächeln aus Dominiks Gesicht und er sah ihn prüfend an. „Was ist los?"

„Es tut mir leid", presste Jacob hervor. „Ich habe dich angelogen."

„Womit?" Dominiks Stimme zitterte.

„Ava hat keinen Termin in Boston."

„Sie hat keinen Termin bei Professor Zjang?" Eine gewisse Erleichterung schwang in Dominiks Stimme mit.

„Nein. Professor Moulder hat ihn zwar angerufen, ist aber mit ihm übereingekommen, dass es keinen Sinn macht, Ava bei ihm vorzustellen. Ich wollte das nicht akzeptieren. Ava muss eine Chance bekommen."

„Und was hat das mit mir zu tun?", fragte Dominik tonlos.

„Ich habe dein Auto manipuliert, um dich nach Boston fahren zu können. Mein Plan war, dass du den Termin für Ava organisierst. Ich habe mitbekommen, dass Professor Zjang große Stücke auf dich hält."

„Du hast mich also belogen und ausgenutzt?"

„Ja, aber ich habe nicht ..." Jacob geriet ins Stocken. Dominik jetzt zu erklären, dass er sich in ihn verliebt hatte, wäre völlig daneben. Er senkte den Blick. „Es tut mir leid."

„Warum hast du mich nicht einfach darum gebeten, einen Termin für Ava zu organisieren?"

Überrascht blickte Jacob auf. Klar, er hätte einfach fragen können. Auf die naheliegendste Idee war er nicht gekommen. „Ich weiß es nicht", gab er zu.

„Ehrlichkeit ist nicht deine Stärke“, sagte Dominik leise.

Dem konnte Jacob noch eins draufsetzen. „Ava weiß nichts davon. Sie denkt, dass sie am Montag einen Termin in Boston hat.“

Dominik stöhnte und schlug die Hände vors Gesicht. „Du bist ein verlogenes Miststück.“

„Sie hat eine Chance verdient. Sie ist erst fünfzehn.“

Jacob ging einen Schritt auf Dominik zu und legte ihm die Hand auf den Arm. „Es tut mir wirklich leid.“

Dominik schüttelte ihn ab. „Fass mich bloß nicht an. Wegen eines verlogenen Mannes bin ich in Kanada gelandet. Und das nur, um mich dort von einem anderen verlogenen Typen verletzen zu lassen?“

„Ich wollte dir nicht wehtun“, flüsterte Jacob.

„Geh. Verschwinde aus meinem Zimmer.“

Jacob wusste nicht, wie er mit Ava im Frühstücksraum gelandet war. Er starrte auf die graubraune Brühe in der weißen Plastiktasse und versuchte zu ergründen, warum ihm der Brustkorb so weh tat. Bekam er einen Herzinfarkt? Jeder Atemzug fühlte sich an, als würde ihm jemand ein Messer zwischen die Rippen rammen und überhaupt war die Luft so dünn, als befände er sich auf dem Mount Everest. Er bekam gar nicht genug Sauerstoff.

Ein Schluchzen ließ ihn aus seinen Überlegungen auffahren. Er hob den Kopf. Ava weinte. „Was ist los?“, fragte er erschrocken.

„Ich will nicht nach Boston. Lass uns nach Hause fahren.“

„Warum denn?“

„Ich will einfach nicht. Ich möchte nach Hause.“

„Hast du Angst vor der Operation? Ist es das?“

„Nein, ich kann es einfach nicht.“

„Warum weinst du, Ava?“, fragte eine sanfte Stimme mit diesem seltsamen deutschen Akzent, den Jacob so liebgewonnen hatte, hinter ihnen. Jacob fuhr herum. Dominik war blass, wirkte aber gefasst. Er setzte sich zu ihnen an den Tisch.

„Geht es dir besser?“, fragte Ava und wischte sich mit dem Ärmel die Tränen aus dem Gesicht.

„Ja, dank deinem Bruder geht es mir besser. Er hat mir gestern sehr geholfen. Aber dir scheint es nicht gut zu gehen.“

„Ich will nicht nach Boston.“

„Wegen des Termins?“

Ava schüttelte den Kopf und starrte ihre Hände an.

„Wenn du uns erzählst, was los ist, finden wir vielleicht gemeinsam eine Lösung“, schlug Dominik vor.

Ja, so einfach konnte es sein, dachte Jacob. Er war schon so lange auf sich gestellt, musste alle Schwierigkeiten allein meistern und mit seinen Problemen selbst klarkommen, dass er auf so einen Vorschlag nie gekommen wäre.

„Ich habe eine Freundin, die in Boston wohnt. Wir kennen uns seit zwei Jahren und chatten fast jeden Tag. Gestern haben wir uns stundenlang unterhalten und irgendwann habe ich ihr dann erzählt, dass ich auf dem Weg nach Boston bin. Und sie hat vorgeschlagen, dass wir uns treffen.“

„Das ist doch ein netter Vorschlag.“

„Ich kann mich nicht mit ihr treffen. Sie denkt, dass ich schlank bin. Ich habe sie angelogen“, jammerte Ava.

„Das liegt wohl in der Familie“, wisperte Dominik kaum hörbar.

Ava schluchzte laut.

Dominik legte ihr die Hand auf den Arm. „Sag ihr einfach die Wahrheit.“

„Das kann ich nicht. Sie wird mich hässlich finden und dann habe ich sie verloren. Sie ist meine beste Freundin.“

„Sag ihr trotzdem die Wahrheit. Eine Freundschaft, die auf einer Lüge basiert, ist keine richtige Freundschaft.“

„Ich weiß nicht wie.“ Ava schnäuzte sich lautstark.

„Hol deinen Laptop und ich helfe dir, ihr zu schreiben“, bot Dominik an.

Mit Dominiks Hilfe formulierte Ava eine Nachricht an ihre Freundin Charlie, in der sie ihr erklärte, dass sie sich wegen ihres Gewichts so sehr schämte, dass sie im Internet ein falsches Profilbild verwendete und dass sie Angst habe, sich deswegen mit Charlie zu treffen. Sie schrieb auch, dass sie vor kurzem erfahren habe, dass eine Krankheit dahinterstecke und sie deshalb einen Termin bei einem Spezialisten in Boston habe.

Mit einem Kloß im Hals beobachtete Jacob Dominik, der seiner Schwester mehr half, als er es jemals getan hatte. Als Dominik ihr die Sache mit dem Termin diktierte, fiel ein Stein von Jacobs Herz. Er würde Ava das wohl kaum schreiben lassen, wenn er nicht vorhätte, ihr den Termin zu verschaffen. So verlogen wäre Dominik niemals – nicht er.

Ava seufzte tief, als sie auf „Senden“ klickte. Charlie war online, das sah man an dem grünen Punkt neben ihrem Profilbild.

Nach einer Weile erschien „Nachricht gelesen“ auf dem Bildschirm. Ava schluchzte auf.

Sie starrten auf den Bildschirm, doch es tat sich nichts.

Energisch klappte Dominik den Bildschirm zu. „Wir essen erst einmal etwas.“

Nach dem Frühstück kontrollierten sie den Posteingang, doch Charlie hatte nicht geantwortet.

„Gib ihr ein wenig Zeit“, meinte Dominik. „Wir fahren jetzt nach Boston. Den ersten Tag der Konferenz verpasse ich sowieso, aber ich würde gerne heute Abend zu der Veranstaltung gehen. Vielleicht finde ich da eine Gelegenheit, mit Professor Zjang zu sprechen.“

„Danke“, flüsterte Jacob ihm zu, als Ava zur Toilette ging.

Kurz darauf setzten sie ihre Fahrt nach Boston fort. Dominik legte sich auf die Rückbank und schloss die Augen. Nach einer guten Stunde bat er Jacob mit gepresster Stimme, anzuhalten. Jacob fuhr bei der nächsten Möglichkeit vom Highway auf einen Parkplatz. Dominik wankte aus dem Wagen und übergab sich.

Unbeholfen stand Jacob daneben. Er hätte ihm so gern geholfen, doch er durfte Dominik nicht mehr berühren. Ava reichte ihm schließlich Taschentücher und Wasser. „Kannst du überhaupt weiterfahren?“, fragte sie besorgt.

„Es wird schon gehen“, meinte Dominik keuchend. „Ich will so schnell wie möglich nach Boston.“

Und weg von mir, ergänzte Jacob insgeheim.

Dominik ging noch ein paar Schritte an der frischen Luft, bevor er sich wieder auf die Rückbank legte.

„Was ist eigentlich mit euch los?“, fragte Ava, nachdem sie ein paar Kilometer zurückgelegt hatten. „Habt ihr euch gestritten?“

„Nein“, sagte Jacob. „Alles in Ordnung.“

„Doch“, widersprach Dominik ihm leise von der Rückbank. „Du hast recht, Ava. Wir haben uns gestritten.“

Innerlich fluchte Jacob. Dominik mit seiner verdammten Ehrlichkeit. Man konnte es damit auch übertreiben.

„Aber du musst dir keine Sorgen machen, Ava“, meinte Dominik. „Wir ziehen das hier zusammen durch. Ich verspreche es dir.“

Ava blickte zwischen Jacob, der auf die Straße starrte, und Dominik hin und her. „Danke“, sagte sie schließlich.

Der Verkehr wurde immer dichter, als sie sich Boston näherten. Sie folgten dem U.S. Highway 1 nach Süden und überquerten den Mystic River über die Tobin Bridge. Jacob betrachtete die grünen Fachwerkträger aus Stahl und dachte an Clint Eastwoods Film *Mystic River*, in dem die Brücke immer und immer wieder im Hintergrund zu sehen war, als sei sie das Sinnbild für die tragischen Geschehnisse. Innerlich schüttelte er sich beim Gedanken an den beklemmenden Thriller über Kindheitstraumata und die Abgründe menschlichen Verhaltens. In der prallen Sonne des frühen Nachmittags konnte die grüne Brücke vor dem Azurblau des Flusses, der gemächlich auf das Meer zulief, die bedrohliche Atmosphäre des Filmes jedoch nicht erzeugen. Jacob nahm die Ausfahrt Beacon Street und folgte ihr, bis zu dem imposanten zweiflügligen Hotelkomplexes, der die umliegenden Gebäude überragte. Dominik hatte ein Zimmer im Marriott Copley Place gebucht, wo auch der Kongress stattfand. Jacob würde sich mit Ava ein günstigeres Motel etwas außerhalb des Zentrums suchen, nachdem er Dominik abgeliefert hatte.

„Ihr könnt mich einfach vor dem Hotel rauslassen.“

Jacob schüttelte den Kopf. „Ich bringe dir den Koffer aufs Zimmer, das ist das Mindeste.“

Dominik widersprach nicht und stieg aus. Noch immer war er sehr blass und hatte Ringe unter den Augen.

Jacob fuhr in die Hotelgarage und begleitete Dominik, der in der Zwischenzeit eingecheckt hatte, auf sein Zimmer. Ava wartete in der Lobby.

„Es tut mir leid“, sagte Jacob, als er den Koffer im Zimmer abgestellt hatte. „Wirst du mir irgendwann verzeihen?“

Ihre Blicke trafen sich und es schimmerte feucht in Dominiks Augen. „Geh bitte einfach.“

Schweren Herzens schloss Jacob die Tür hinter sich und fuhr mit dem Aufzug in die beeindruckende Lobby, wo Ava mit ihrem Laptop auf dem Schoß auf einer hell gepolsterten Bank saß. Hinter ihr führten Rolltreppen nach oben auf Galerien entlang verschiedener Stockwerke. Wie ein riesiges Gewölbe öffnete sich die Halle nach oben. Als er sich ihr näherte, blickte sie auf. Vor Aufregung hatte sie rote Flecken im Gesicht. „Charlie hat zurückgeschrieben und fragt, ob wir uns morgen treffen können.“

Mühsam rang Jacob sich ein Lächeln ab. „Wie schön. Natürlich könnt ihr euch treffen.“

„Was, wenn sie sich umdreht und wegläuft, sobald sie mich sieht? Ich glaube, ich schaffe das nicht.“

„Du schaffst das schon.“ Zu mehr als diesem schwachen Trost war Jacob nicht in der Lage. Dominik hätte viel bessere Worte gefunden, um Ava zu unterstützen.

Sie ließen den Wagen noch in der Hotelgarage und spazierten durch Boston. Vom Copley Place aus flanierten sie ein Stück in Richtung Beacon Hill. Die Sonne brannte auf sie herunter und bereits nach einer kurzen Strecke keuchte Ava neben ihm.

„Wollen wir eine Pause machen?“, schlug Jacob vor und zeigte auf die Tische und Stühle eines Cafés, die unter schattenspendenden Sonnenschirmen standen.

Dankbar nickte Ava und setzte sich neben ihn. „Kommst du mit, wenn ich mich mit Charlie treffe?“

„Möchtest du das denn?“

„Ja, vielleicht habe ich eine größere Chance bei ihr, wenn sie sieht, dass ich einen gutaussehenden Bruder habe.“ Sie wischte sich den Schweiß von der Stirn.

Jacob seufzte. Er sollte Ava sagen, dass sich nicht alles ums Aussehen drehte und dass es nicht viel brachte, wenn sie sich hinter ihrem schwulen Bruder versteckte. Doch er hatte keine Kraft und fand keine Worte. Außerdem würde er eine Fünfzehnjährige, die den Großteil ihres Lebens in der virtuellen Welt amerikanischer Fernsehserien verbrachte, in denen nur junge, schlanke und gutaussehende Menschen zu existieren schienen, kaum davon überzeugen können, dass das Aussehen eines Menschen eine untergeordnete Rolle spielte.

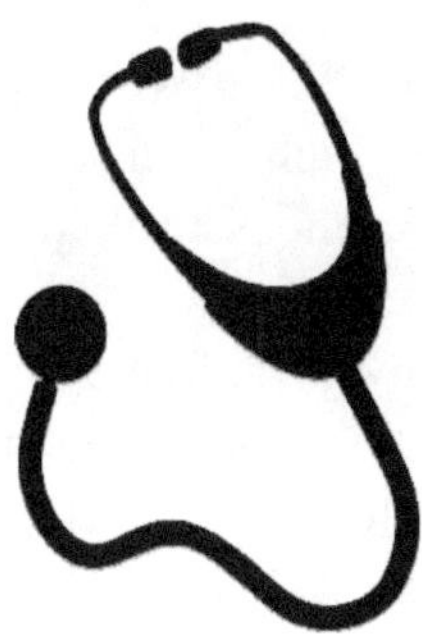

KONGRESS

Dominik

Mühsam rappelte Dominik sich aus dem Bett und tapste über den Teppich in das winzige Bad. Sogar in dem schlecht beleuchteten Spiegel sah er grauenhaft aus. Er hatte sich nochmals hingelegt, nachdem Jacob ihn in das Hotelzimmer gebracht hatte. Geschlafen hatte er nicht mehr, dafür reichlich Tränen vergossen. Warum geriet er immer an die falschen Männer? Und warum tat es so weh, dass Jacob ihn ausgenutzt hatte? Er fühlte sich gedemütigt und der Schmerz brannte wie eine offene Wunde. Seufzend wusch er sich das Gesicht und putzte sich die Zähne. Er musste sich fertig machen, wenn er pünktlich zum Abendessen erscheinen wollte. Er zog seinen Anzug und die schwarzen Lederschuhe mit Budapester Muster an, wobei er hastige Bewegungen und Drehungen vermied, um den Schwindel nicht erneut auszulösen.

In einem der oberen Stockwerke des zweiflügligen Hochhauses, von dem aus man eine grandiose Aussicht über die Stadt und die Back Bay hatte, war ein großer Saal für das Bankett vorbereitet. Runde Tische mit weißen Tischdecken waren für jeweils acht Personen eingedeckt. Noch hatte niemand Platz genommen, die

Kongressteilnehmer gruppierte sich mit Sektgläsern in der Hand um Stehtische. Dominik ließ sich ein Sprudelwasser geben und begrüßte Gitta, eine Neurologin aus München, die ebenfalls gerade eingetroffen war.

„Wie geht es dir in deiner kleinen Provinz?“, fragte sie nicht ohne Sarkasmus in der Stimme. Die meisten seiner Kollegen hatten nur den Kopf geschüttelt, als er seine vielversprechende Karriere in Berlin aufgegeben hatte, um eine kleine Station zur Basisversorgung von Schlaganfallpatienten aufzubauen. Zu Beginn hatte er oftmals den Drang verspürt, sich zu rechtfertigen, doch mittlerweile ignorierte er die verständnislosen Reaktionen seiner Kollegen. Der einzige, dem er Rechenschaft schuldig war, war er selbst.

„Ich bin zufrieden. Und wie läuft es in München?“

Gitta machte eine wegwerfende Handbewegung und begann langatmig über die Schwierigkeiten, Belastungen und Intrigen der Universitätsmedizin zu lamentieren. Innerlich grinste Dominik vor sich hin. Schon hatte er eine Antwort auf die bohrenden Fragen seiner ehemaligen Mitstreiter. Er konnte mit Fug und Recht behaupten, dass er zufrieden war. Nicht mehr und nicht weniger. Weder beruflich noch privat bot sein Leben auf Prince Edward Island ekstatische Hochgefühle, doch er empfand eine Zufriedenheit, die die Uhr in seinem Leben langsamer ticken und ihn die kleinen Dinge des Lebens bewusster wahrnehmen ließ. Kurz streiften seine Gedanken Jacob und die außergewöhnliche Nacht, die er mit ihm verbracht hatte. Er beschloss, auch diese Erfahrung auf der positiven Seite seiner Lebensbilanz abzulegen. Die Nähe, Fürsorge und die Zärtlichkeit, die ihm Jacob in dieser Nacht geschenkt hatten, waren gut gewesen. Die Erinnerung daran durchströmte ihn mit einem warmen

Gefühl und es gelang ihm fast zu ignorieren, dass Jacob ihn nur ausgenutzt hatte.

Er begrüßte einige andere Bekannte und ging dann auf Professor Zjang zu, der umringt von Neurochirurgen im Eingangsbereich des Saales stand. Als Professor Zjang ihn kommen sah, entschuldigte er sich bei seinen Kollegen und reichte ihm die Hand. „Wie schön, dass Sie meine Einladung angenommen haben."

Dominik lächelte. „Es ist eine Ehre für mich, dass Sie an mich gedacht haben. Seit ich in Charlottetown arbeite, bekomme ich nur noch selten Einladungen zu Kongressen."

„Ich finde es bemerkenswert, dass Sie Ihre eigene Karriere hintenangestellt haben, um die Versorgung der Schlaganfallpatienten auf Prince Edward Island um einen Quantensprung zu verbessern. Außerdem forschen Sie immer noch. Auf die ersten Ergebnisse bin ich schon gespannt."

„Danke."

Professor Zjang klopfte ihm auf die Schulter. „Ich muss mich wieder um meine Kollegen kümmern."

„Darf ich Sie noch um einen Gefallen bitten?"

„Worum geht es?"

„Professor Moulder hatte Sie wegen eines jungen Mädchens mit einem Hypophysenadenom konsultiert."

„Er meinte, es sei inoperabel."

„Ich bin mir da nicht so sicher", wandte Dominik vorsichtig ein.

Ein Lächeln schlich über Professor Zjangs Gesicht. „Sie meinen, ich könnte es entfernen?"

„Davon gehe ich aus."

„Und Sie möchten, dass ich mir das Mädchen ansehe?"

Dominik nickte. „Die Familie hat kein Geld. Ihre Eltern sind verstorben und ihr älterer Bruder kümmert sich um sie."

„Mein Leben wird an jedem Tag reicher, an dem ein Idealist meinen Weg kreuzt. Das Mädchen kann am Mittwochnachmittag in meine Sprechstunde kommen. Ihr Bruder soll am Montag meine Sekretärin wegen der genauen Uhrzeit anrufen. Ich gebe ihr Bescheid." Er nickte und wandte sich dann wieder seinen Kollegen zu.

Erleichtert stellte Dominik sein Wasserglas ab. Das war einfacher gewesen, als erwartet. Die Auseinandersetzung mit seinem Chef würde allerdings kein Spaziergang werden. Gemächlich schlenderte er in den Saal und suchte nach seinem Platz, der mit einem Namenskärtchen versehen war. Gleichzeitig mit ihm erreichte ein großer, breitschultriger Mann mit bereits etwas schütterem, dunkelbraunem Haar, den er auf Anfang vierzig schätzte, den Tisch, lächelte ihn an und beugte sich zu seinem Namensschild. „Wie ich sehe, sitzen wir nebeneinander, Dr. Baumann." Er reichte ihm die Hand. „Jeff Walker aus Montreal." Er nahm Platz. „Woher kommst du?"

„Prince Edward Island."

Jeff zog die Augenbrauen hoch. „Dort gibt es doch nur Sandstrände, Kartoffeln, Lobster und Anne of Green Gables."

Dominik lachte. „Seit kurzem ist ein Neurologe aus Deutschland die größte Attraktion. Hast du noch nicht davon gehört?"

„Nein, aber die Story klingt interessant."

Während des Essens tauschten sie sich über die Arbeit aus und Jeff erzählte ihm, dass er seiner Tochter einen Urlaub auf Prince Edward Island versprochen habe, da sie die Bücher über Anne of Green Gables liebte.

„Gib mir rechtzeitig Bescheid, bevor ihr kommt. Die Familie meiner Mitbewohner vermietet nette kleine Ferienhäuser. Ich reserviere euch das schönste Häuschen mit Blick aufs Meer.“

„Klingt super. Allerdings könnte es sein, dass ich kurzfristig komme. Langfristige Pläne sind schwierig, weil meine Exfrau mir gerne mal Stress macht.“

„Das tut mir leid.“ Dominik zog eine Visitenkarte aus der Brusttasche seines Anzugs und reichte sie Jeff. „Melde dich einfach, ich bin mir sicher, wir finden eine nette Unterkunft für dich und deine Tochter.“

„Und für meinen Sohn. Den würde ich auch mitschleifen, obwohl er versuchen wird, um den Ausflug herumzukommen.“

„Natürlich. Wie alt sind die beiden?“

„Meine Tochter ist vierzehn und mein Sohn siebzehn. Leider sehe ich sie nur jedes zweite Wochenende.“

Dominik nahm die Visitenkarte, die Jeff ihm reichte. „So eine Scheidung ist schwierig für alle Beteiligten.“

Jeff nickte. „Meine Exfrau kann mir nicht verzeihen, dass ich sie wegen eines Mannes verlassen habe.“

Überrascht riss Dominik die Augen auf. „Du bist auch schwul?“

Jeff lachte. „Du etwa auch?“

„Sieht so aus.“

„Wenn Bailong Zjang davon weiß, sitzen wir vermutlich nicht zufällig nebeneinander.“

„Ich gehe offen damit um.“

„Seit ich den Mut hatte, mich zu outen, tue ich das auch. Es war eine unglaubliche Befreiung, diese Last nicht mehr mit mir herumschleppen zu müssen. Und bis auf meine Exfrau haben es auch alle gut aufgenommen. Sogar meine Kinder und meine Eltern gehen locker damit um.“ Jeff schüttelte den Kopf. „Dieser Bailong! Bei unserem letzten Telefonat hat er nach meinem Freund gefragt, der mittlerweile leider mein Exfreund ist. Bist du auch Single? Er wollte uns doch nicht etwa verkuppeln? Das sieht ihm ähnlich."

Dominik schmunzelte. „In der Tat bin ich Single. Allerdings habe ich mit Professor Zjang darüber nie gesprochen. So gut kenne ich ihn nicht."

„Bailong weiß alles. Ich kenne ihn schon seit meinem Studium."

„Vielleicht weiß er es von meinem alten Chef, Professor Blunt."

Jeff schlug sich mit der flachen Hand gegen die Stirn. „Ach, jetzt verstehe ich es. Du bist der deutsche Arzt, der mit Robert arbeitet."

„Gearbeitet hat. Er ist im Ruhestand."

„Dann haben die beiden das ausgeheckt." Er musterte Dominik von oben nach unten. „Nichts für ungut, aber du bist nicht mein Typ."

„Dominik lachte laut auf. „Ich schätze deine unumwundene Ehrlichkeit."

„Nimm es mir nicht übel. Du bist sehr attraktiv und du bist mir sympathisch, aber ich stehe auf einen anderen Typ Mann."

„Kein Problem. Das trifft sich gut, denn mir geht es mit dir ebenso."

Jeff grinste breit und reichte ihm die Hand. „Prima, dann auf die Freundschaft."

Lachend schlug Dominik ein.

„Jetzt, wo wir Freunde sind, kann ich dich fragen, warum du so mitgenommen aussiehst und kaum etwas isst? Das Sushi ist erstklassig."

Mit Jeff kam Dominik aus dem Lachen nicht heraus. Er war ihm sympathisch, aber es war nicht gelogen, dass er sich sexuell nicht zu ihm hingezogen fühlte. Als er neben Jacob im Auto gesessen hatte, war es ihm ganz anders ergangen. Sein Geruch, der Anblick seiner Hand auf dem Lenkrad und die Blicke, mit denen er ihn gelegentlich gestreift hatte, hatten jedes Mal einen elektrischen Impuls durch seinen Körper gejagt. Auch Jeffs Art war nicht dazu angetan, Dominiks Hormone in Wallung zu bringen. So sehr er Ehrlichkeit schätzte, Jeffs Direktheit hatte etwas von einer Dampfwalze und Dominik fühlte sich viel stärker zu Männern hingezogen, die undurchdringlicher waren, mit denen man sich näher beschäftigen musste, um sie verstehen zu können, zu Männern wie Jacob. „Vor zwei Tagen bekam ich plötzlich benignen paroxysmalen Lagerungsschwindel und mir geht es noch immer nicht richtig gut."

„Oh, das ist unangenehm." Jeff grinste. „War ein guter Neurologe in der Nähe, der das Sémont- oder Epley-Manöver mit dir durchgeführt hat?"

„Ein Freund hat mir geholfen." Sanfte Wärme durchströmte Dominik, als er daran dachte, wie Jacob ihn am Kopf und Nacken gehalten und ihn hin- und hergeschaukelt hatte. Noch heißer wurde ihm, als er an die Handgriffe dachte, die Jacob in der Nacht - nach den medizinisch notwendigen Übungen – durchführt und ihm damit einen Höhenflug verschafft hatte, wie er ihn seit der Trennung von Lias nicht mehr erlebt hatte.

Der Abend mit Jeff war sehr entspannt und als er sich gegen Mitternacht verabschiedete, bot Jeff ihm an, ihn auf sein Zimmer zu begleiten und die Lagerungsübungen nochmals mit ihm durchzuführen. „Damit wir die letzten Steinchen aus deinem Gehörgang schwemmen können", schlug er vor.

„Gerne."

Wesentlich weniger zaghaft als Jacob und mit geübten Bewegungen schwenkte Jeff ihn hin und her, bevor er ihn auf das Bett warf. Sofort drehte sich wieder alles um Dominik und er spürte das Zucken in seinen Augen.

Mit festem Griff drückte Jeff ihn an den Schultern auf die Matratze und blickte ihm tief in die Augen. „Beeindruckender Nystagmus."

„Da habe ich schon schmeichelhaftere Komplimente bekommen", keuchte Dominik und kämpfte gegen die aufsteigende Übelkeit an.

„Wir machen das morgen früh nochmal und du solltest ein paar Tage lang nicht fahren. Aber du bist ja sicher nach Boston geflogen."

„Nein. Ich habe Flugangst. Ein Freund hat mich mit dem Auto mitgenommen."

„Nimmt er dich wieder mit nach Hause?"

„Das geht nicht." Das kam etwas zu hektisch und Dominik ärgerte sich selbst über den schrillen Klang seiner Stimme.

Jeff zog eine Augenbraue hoch und ging vor ihm in die Hocke. „Schon gut. Und Fliegen ist keine Alternative?"

Dominik schüttelte den Kopf.

Jeff erhob sich. „Ich frage mal nach, wer in deiner Richtung unterwegs ist. Aber als dein behandelnder Neurologe untersage ich dir, Auto zu fahren. Liebeskummer ist kein Grund, sich umzubringen und schon gleich gar kein Grund, andere zu gefährden."

Seufzend rollte Dominik sich auf den Rücken und schloss die Augen. War er so leicht zu durchschauen? „Danke, Jeff."

Am darauffolgenden Morgen schellte Dominiks Wecker früh, denn er wollte nicht noch mehr von dem Kongress verpassen. Während er sich in der kleinen Kaffeemaschine, die in dem Hotelzimmer stand, einen

Kaffee zubereitete, duschte er rasch und griff dann nach seinem Handy, um Jacob anzurufen.

FREEDOM TRAIL

Jacob

Nachdem sie Dominik in dem protzigen Hotelkomplex abgesetzt, einen kleinen Spaziergang gemacht und einen Kaffee getrunken hatten, waren Jacob und Ava wieder aus der Stadt gefahren, um sich ein günstiges Motel zum Übernachten zu suchen. Früh am nächsten Morgen vibrierte Jacobs Handy. „Ja?“, fragte er verschlafen.

„Ich bin es, Dominik.“

Sofort war Jacob hellwach und richtete sich auf.

„Ava hat am Mittwochnachmittag einen Termin bei Professor Zjang. Hast du etwas zum Schreiben?“

„Moment.“ Jacob sprang aus dem Bett und angelte nach einem Kuli und einem Stück Papier.

Dominik diktierte ihm eine Telefonnummer. „Ruf am Montag seine Sekretärin an, sie gibt dir die Uhrzeit durch.“

„Danke.“

„Hast du die ganzen Unterlagen mit?“

„Welche Unterlagen?“

„Die Röntgenbilder und Befunde."

„Nein", meinte Jacob kleinlaut.

„Und wie hast du dir das dann vorgestellt? Wie soll Professor Zjang eine Entscheidung treffen?" Seine Stimme klang ungeduldig und auch etwas überheblich. Doch das war Dominiks gutes Recht.

„Daran habe ich nicht gedacht."

„Du hast eine Menge nicht bedacht. Dann muss ich mich wohl darum kümmern, dass Professor Zjang die Unterlagen bekommt und mich hinterher von meinem Chef zusammenfalten lassen."

„Das tut mir leid."

„Etwas anderes fällt dir auch nicht mehr ein", schnaubte Dominik und legte auf.

Mit einem Stoßseufzer ließ Jacob sich auf einen Stuhl fallen. Ava bekam eine Chance! So schlecht sein Plan auch gewesen und so sehr alles aus dem Ruder gelaufen war, Ava hatte einen Termin. Das war das Wichtigste.

„Ava, wie schön dich kennenzulernen."

Die beiden Mädchen fielen sich um den Hals und lachten und weinten gleichzeitig. Ganz gegen Avas Erwartung schenkte Charlie ihm keinen Blick. Auch sie war nicht gerade schlank, zwar nicht so ausufernd wie Ava, doch Jacob schätzte sie auf etwa achtzig Kilo. Für Ava war das sicher eine Erleichterung. Wäre Charlie gertenschlank, hätte sie sicher deutlich mehr Hemmungen gehabt und nicht sofort angefangen, sich angeregt mit ihr zu unterhalten.

Er räusperte sich. „Ava, ich gehe dann mal. Wann und wo sollen wir uns treffen?"

Ava zog ihn am Ärmel zu sich. „Charlie, das ist mein großer Bruder Jacob."

Sie lächelte ihn an. „Schon viel von dir gehört."

„Ehrlich?" Er zog die Augenbrauen hoch. Ava hatte von ihm erzählt? Er hatte nie nachgefragt, worüber Ava mit ihren Freundinnen sprach. Überhaupt hatte er nicht viel Ahnung davon, was in ihr vorging, mal abgesehen davon, dass sie unter ihrem Gewicht litt. Vielleich hätte er häufiger mit ihr sprechen und mehr Interesse zeigen müssen. Er war ihr Bruder, doch seit dem Tod der Eltern hatte er auch die Vaterrolle ein stückweit übernehmen müssen. In diese Aufgabe war er völlig unvorbereitet gestürzt.

Ziellos lief Jacob los, während Ava Arm in Arm mit ihrer Freundin durch den Prudencial Center bummelte. Nach wenigen Schritten stand er am Fuß des Hotels, in dem Dominik sich aufhielt und blickte an der Fassade hoch. In welchem Stockwerk befand er sich wohl? Sicher saß er mit den anderen Ärzten in einem Saal, lauschte interessiert den Vorträgen und hatte ihn schon längst vergessen. Er würde so gerne noch einmal mit ihm sprechen und versuchen, ihm zu erklären, warum er ihn angelogen hatte. Vor allem wollte er ihm versichern, dass das, was sich zwischen ihnen abgespielt hatte, keine Lüge gewesen war. Er dachte an Dominiks Rücken, den er einen ganzen Tag lang angestarrt hatte und an die weiche Haut unter seinen Fingern. Er meinte Dominiks Geruch und Geschmack wahrzunehmen und seine Kehle wurde eng, wenn er daran dachte, dass ihm nur noch die Erinnerung daran blieb. Rasch drehte er sich um und ging die Huntington Avenue entlang. Er musste weg von diesem Hotel, weg von Dominik und sich auf etwas anderes konzentrieren. Wenig später erreichte er den Boston Public Garden und spazierte an dem See entlang, auf dem Touristen mit Schwanenbooten zwischen den Entenfamilien umherfuhren. Er setzte sich auf eine Bank unter einem Ahornbaum und beobachtete zwei rotbraune

Eichhörnchen, die im Gras spielten und dabei so wenig Scheu zeigten, dass sie einfach über seine Schuhe kletterten. Es waren die neuen Schuhe, die er mit der Jeans und dem Hemd trug. Er hatte sie für Dominik gekauft, das war ihm mittlerweile klar geworden. Er wollte ihm gefallen und nun würde er die Sachen vermutlich niemals an ihm sehen. Und schon war er mit seinen Gedanken wieder bei Dominik, erinnerte sich daran, wie sich die Haut seiner Schultern auf den Lippen angefühlt hatte, als er sanfte Küsse darauf verteilt hatte. Auf den Mund hatten sie sich nicht geküsst. Jacob verzehrte sich nach diesem Kuss, nach Dominiks Lippen auf seinen, danach mit seiner Zunge sanft diesen Mund zu erobern. Wie wohl ein gemeinsames Leben mit Dominik aussehen würde? Dominik hatte erzählt, dass er während des Studiums mit seinem Freund zusammengezogen war und somit Erfahrung darin hatte, mit einem Partner zusammenzuleben. Jacob kannte nur das Leben mit Ava und Helen. Wie es wohl wäre, morgens neben Dominik aufzuwachen, mit ihm schnell noch einen Kaffee zu trinken und ihm einen Kuss zum Abschied zu geben, bevor er in die Klinik fuhr? Würden sie abends zusammen kochen und sich dann auf dem Sofa einen Film oder eine Sportsendung ansehen? Welche Filme mochte Dominik? Was waren seine Lieblingsspeisen? Trank er gerne Bier oder bevorzugte er Wein? Was war mit seinen Eltern? Wie gingen sie mit seiner Homosexualität um? Er hatte sich oft die Frage gestellt, wie seine Eltern wohl reagiert hätten, wenn er sich ihnen gegenüber geoutet hätte. Er war sich nicht sicher, aber er stellte sich gerne vor, dass sie verständnisvoll reagiert hätten. Erfahren würde er es nie.

Jacob erhob sich und schlenderte weiter am See entlang. Es war ein herrlicher Tag, warm, die Sonne schien und überall auf den Wiesen des Public Garden und des angrenzenden Boston Common saßen Menschen in Grüppchen zusammen. Der Duft von gebratenen Würstchen zog ihm in die Nase, das rhythmische Trommeln einer Djembé, untermalt von den zarten Klängen einer Kalimba, erzeugte einen Hauch Urlaubsgefühl und Fernweh in Jacob, Sehnsüchte, denen er sich sonst nie hingab. Er meinte Dominiks Hand in seiner zu fühlen, während er durch den Park schlenderte und stellte sich vor, wie es wäre, die Stadt gemeinsam mit ihm zu erkunden. So, wie es aussah, würde er Dominik nicht aus seinen Gedanken verbannen können, daher beschloss Jacob, ihn in seiner Vorstellung mitzunehmen und die Zeit mit ihm zu genießen. Vom nächsten Tag an würde er wieder Vernunft walten lassen und seine Gefühle für ihn verdrängen. Doch an diesem einen Tag, mit dem Termin für Ava in der Tasche und den noch so lebhaften Erinnerungen an die beste Nacht seines Lebens, würde er gemeinsam mit Dominik dem Freedom Trail folgen und Boston erobern. Die roten Ziegelsteine wiesen ihm den Weg auf den Beacon Hill, auf dem das prunkvolle State Capitol mit seiner goldenen Kuppel stand. Vorbei an der Park Street Church spazierte er weiter und las die Inschriften auf den Grabsteinen dreier Unterzeichner der Unabhängigkeitserklärung auf dem Granary Burying Ground. Dominik versorgte ihn in Gedanken mit Detailwissen zu den Sehenswürdigkeiten, die er sofort wieder vergaß. Jacob konnte Dominik vor sich sehen. Mit ernstem Blick und leicht gerunzelter Stirn würde er vor der Statue von Benjamin Franklin verharren und ihm Passagen aus dem Reiseführer vorlesen. In der Faneuil Hall kaufte Jacob sich ein Eis und schlenderte an den Souvenirshops vorbei zum Haus des Freiheitskämpfers Paul Revere und über den Charles River zur USS Constitution. Er nahm die Fähre zurück zur

Long Wharf und rief Ava an, um sich mit ihr und Charlie zum Abendessen zu verabreden.

Auch Ava schien einen schönen Tag gehabt zu haben, denn ihre Augen leuchteten, als sie neben Charlie im Restaurant saß und die beiden ihm abwechselnd von ihrem Tag erzählten. Schmunzelnd hörte er Ava und Charlie zu und ließ sich ihre Einkäufe zeigen. Es war so schön, Ava glücklich zu sehen. Hoffentlich konnte Professor Zjang den Tumor operieren und Ava ein Leben verschaffen, das voller glücklicher Momente und Lachen war.

RÜCKFAHRT

Dominik

Wie er es versprochen hatte, klopfte Jeff vor dem Frühstück an die Zimmertür, um nochmals die Lagerungsübungen mit Dominik durchzuführen, der gerade das Gespräch mit Jacob beendet hatte. Er war froh, dass Jeff ihn mit seinen kraftvollen Schwüngen ablenkte, denn so blieb ihm keine Möglichkeit, weiter an Jacob zu denken. Anschließend brauchte er ein paar Minuten, um sich zu erholen. Während dieser Zeit trank Jeff eine Tasse Kaffee in Dominiks Zimmer und rief seine Kinder an, um ihnen einen guten Morgen zu wünschen. Das Gespräch mit seinem Sohn beschränkte sich auf wenige Worte, doch seiner Tochter erzählte er, dass er einen Kollegen aus Prince Edward Island kennengelernt habe und dass sie bald dorthin fahren würden.

„Einen schönen Gruß von meiner Tochter. Sie freut sich schon darauf, dich kennenzulernen."

„Ihr solltet bald kommen. Im Sommer ist zwar mehr los, aber die Insel hat dann auch viel zu bieten."

„Vielleicht schaffen wir es noch in den Sommerferien. Ich rede mal mit meiner Exfrau."

Gemeinsam gingen sie zum Frühstück und Jeff zog ihn zu einem Tisch, an dem bereits zwei Kolleginnen saßen. „Maura, Lacey, guten Morgen. Das ist Dominik, er arbeitet auf Prince Edward Island."

„Guten Morgen." Dominik nickte den Damen zu und setzte sich neben Jeff.

„Bist du mit dem Auto aus Halifax gekommen, Maura?", fragte Jeff, noch bevor sie sich am Frühstücksbuffet etwas geholt hatten.

„Nein, mit dem Flieger."

„Dominik muss zurück nach Charlottetown, kann aber nicht fliegen, weil er Flugangst hat und ich habe ihm verboten, selbst zu fahren, weil seit ein paar Tagen Otolithen in seiner Endolymphe herumschwimmen. Kannst du den Flug stornieren und stattdessen einen Mietwagen nehmen?"

Unangenehm berührt winkte Dominik ab. Jeffs Direktheit war kaum zu überbieten. „Um Himmels willen, das kommt gar nicht in Frage. Ich finde eine andere Lösung."

Maura lachte und holte ihr Smartphone aus der Tasche. „Mal sehen, was sich machen lässt."

„Bitte nicht", warf Dominik ein. „Das möchte ich auf gar keinen Fall. Es gibt bestimmt eine andere Möglichkeit."

Jeff zog ihn hoch. „Lass Maura mal machen. Wir holen uns etwas vom Buffet."

Als sie zurückkamen, grinste Maura ihn an. „Alles geklärt. Ich würde nur gerne morgen sehr früh losfahren, weil ich am Dienstag wieder arbeiten muss."

„Das ist mir jetzt sehr unangenehm. Du hast den Flug doch sicher schon bezahlt und es sind mehr als zehn Stunden Fahrt von Boston aus." Dominik fühlte sich überfahren. Es war ihm peinlich, Maura Umstände zu machen.

Doch Maura lachte nur. „Mache dir keine Gedanken."

„Vielen Dank", sagte Dominik. Es war nicht das erste Mal, dass ihn ein Kanadier mit einer unprätentiösen Hilfsbereitschaft überraschte, die er sonst noch nirgendwo erlebt hatte.

Sie verbrachten den Tag zu viert, hörten sich die interessanten Vorträge an und aßen gemeinsam zu Mittag. Am späten Nachmittag hatte Dominik eine Stunde Zeit, zog sich in sein Zimmer zurück und streckte sich auf dem Bett aus. Er griff nach seinem Handy und rief Paul an. „Könnte mich einer deiner Brüder vielleicht morgen Nachmittag in Amherst abholen?" Er erklärte Paul die Situation. Paul selbst durfte noch immer nicht fahren. Er hoffte, die Fahrerlaubnis bald zurückzubekommen, doch noch hatte er kein entsprechendes Gutachten. Maggie hatte sich lange Zeit geweigert, die Führerscheinprüfung abzulegen. In Berlin hatte sie ihn nicht gebraucht und auf der Insel war sie fast zwei Jahre lang mit Dominik gefahren. Irgendwann wurde es ihr zu umständlich und sie ließ sich breitschlagen, den Führerschein zu machen. Doch sie war eine ungeübte Fahrerin und von North Rustico bis Amherst und zurück waren es drei Stunden Fahrt. Das wollte Dominik ihr nicht zumuten.

„Ich bin mir sicher, dass es sich einrichten lässt. Ich rufe Carl gleich an. Soweit ich weiß, hat er Montagnachmittag keine wichtigen Termine." Carl und Anton waren Pauls ältere Brüder und im Familienbetrieb tätig. Paul hatte andere Pläne gehabt und war Profisportler geworden. Sobald Paul nach seiner Hirnblutung wieder halbwegs hergestellt war, hatten seine Brüder ihn mit sanftem Nachdruck in die Firma eingebunden, was ein Segen für Paul gewesen war. Arbeiten zu können und nicht mehr nur ein hilfloser Pflegebedürftiger zu sein, hatte seinem Selbstwertgefühl enormen Auftrieb gegeben. Pauls Familie hielt zusammen wie Pech und Schwefel, was Dominik schon häufiger zum Schmunzeln gebracht hatte.

Maura, die eine Zeit lang in Boston gelebt hatte und die Restaurants kannte, empfahl ihnen ein Sushi-Restaurant. Sie selbst war mit Lacey zum Abendessen bei einer Freundin eingeladen. Der Abend war so schön, dass Jeff und er nach dem ausgezeichneten Essen noch eine Weile durch Boston bummelten. Dominik erwischte sich dabei, wie er die Straßen nach Jacob absuchte, was lächerlich war. Boston war so groß, dass es äußerst unwahrscheinlich war, dass sie sich über den Weg laufen würden. Außerdem hatte Jacob Ava gegenüber geäußert, dass er ein Motel etwas außerhalb der Stadt suchen würde, da die Unterkünfte in Boston sehr teuer waren. Dominik war Jeff dankbar, dass er ihn ablenkte, indem er ihm von seinen Kindern erzählte und von seiner gescheiterten Ehe. „Josie ist eine wundervolle Frau, allerdings hat sie keinen besonders guten Geschmack, was Männer angeht. Trotzdem bin ich ihr dankbar, dass sie es mit mir versucht hat, sonst hätten wir die Kinder nicht und sie sind mein größter Schatz. Es ist nur schade, dass sie so furchtbar wütend auf mich ist. Die Dinge lassen sich nicht mehr rückgängig machen und sie könnte uns beiden das Leben leichter machen, wenn sie es akzeptieren würde."

„Gibt es keine Chance, dass sie dir irgendwann verzeiht?"

„Ich war jahrelang mit ihr verheiratet und habe sie über meine sexuelle Orientierung belogen. Könntest du deinem Partner eine solche Lebenslüge verzeihen?"

„Vermutlich könnte ich das nicht." Dominik dachte an Lias und daran, wie er ihn betrogen hatte. Vier Monate lang hatte er mit anderen Männern geschlafen und ihm nichts davon gesagt. Zugegebenermaßen hatten sie während dieser Zeit miteinander keinen Sex und auch vorher schon nur sehr selten. Dominik war beruflich sehr angespannt und hatte einfach keine Lust. Im Spätsommer fuhren sie für ein paar Tage an die Ostsee. Im Urlaub entspannte Dominik sich ein wenig und seine Libido meldete sich wieder. Er erinnerte sich noch genau daran, wie sie nach einem leckeren Abendessen nebeneinander im Bett gelegen hatten. Er streichelte Lias, beugte sich über ihn und küsste ihn. Er merkte, wie Lias sich versteifte, dachte aber, dass es nur sei, weil sie so lange keinen Sex mehr gehabt hatten. Doch dann stieß Lias ihn von sich und gestand ihm, dass er mit anderen Männern Sex gehabt hatte und sich von ihm trennen wollte. Dominik war aus allen Wolken gefallen. Er hatte es nicht kommen sehen und spürte noch immer eine nagende Bitterkeit, wenn er daran dachte, wie lange Lias ihm ins Gesicht gesehen, mit ihm zu Abend gegessen und neben ihm im Bett geschlafen hatte, während er Sex mit anderen hatte. Würde er Lias je verzeihen können? Vermutlich nicht. Und wenn sie gemeinsame Kinder hätten? Würde das etwas ändern? Dominik wusste es nicht und er wollte auch nicht weiter darüber nachdenken. Auch nach all den Jahren war es noch zu schmerzhaft. Und zu dem Schmerz über Lias Lüge gesellte sich nun auch noch der Schmerz über Jacobs Lüge. Für einen kurzen Moment lang hatte er sich der Illusion hingegeben, wieder lieben zu können. Jacob hatte sein Herz auf eine Weise berührt, wie er es seit Lias nicht mehr gespürt hatte, bis er erfuhr, dass er ihn nur ausgenutzt hatte. Wie Jeffs Exfrau hatte wohl auch Dominik einen schlechten Geschmack, wenn es um Männer ging.

Am darauffolgenden Tag fuhren Maura und Dominik sehr früh aus Boston in nördlicher Richtung. Auf das Frühstück verzichteten sie, Dominik besorgte nur noch schnell einen Kaffee und Bagels.

„Oh, danke“, meinte Maura und stellte den Kaffee in den Becherhalter.

„Ich habe zu danken. Es ist mir sehr unangenehm, dass du dir wegen mir solche Umstände machst.“

„Kein Problem. Es macht mir nichts aus. Ich fahre gerne.“

Sie kamen gut voran, wenn die Fahrt auch sehr lange dauerte. Maura hatte eine Playlist mit ruhigen Balladen auf dem Handy, die sie hörten. Gelegentlich unterhielten sie sich, Maura erzählte von ihrem Mann und ihrer Tochter, die kurz vor dem Schulabschluss stand, und Dominik berichtete von seinem Leben auf Prince Edward Island. Doch die meiste Zeit schwiegen sie, Dominik blickte aus dem Fenster und ließ seine Gedanken schweifen. Wie es Jacob und Ava wohl erging? Hatte Ava sich mit ihrer Freundin Charlie getroffen? Würde Professor Zjang sie operieren können? Dominik hoffte, dass er Ava eine Chance auf ein besseres Leben verschaffen konnte. Sie hatte schon so viel Schlimmes hinter sich und er hoffte sehr, dass sie nach der Operation ein neues Kapitel in ihrem Leben aufschlagen konnte.

Am Nachmittag, nach mehr als acht Stunden Fahrt, trafen sie sich in Amherst mit Carl. Dominik lud beide zum Essen ein und anschließend fuhr er mit Carl zurück nach Hause. Er freute sich, als er die Tür zu ihrem Häuschen aufschloss, Butch ausgiebig kraulte und anschließend den Koffer nach oben in seine Wohnung trug. Er öffnete das Fenster und blickte über das Meer. Er war glücklich, wo er war und würde nicht mit Bitterkeit auf alles zurückblicken. Auch wenn die Enttäuschungen Narben hinterlassen hatten, er hatte so viel, wofür er dankbar sein konnte und er würde weitermachen, seinen Weg gehen und vielleicht traf er ja doch irgendwann einen Menschen, mit dem er einen Neubeginn wagen konnte. Es war zwar unter den gegebenen Umständen nicht sehr wahrscheinlich, aber einen kleinen Funken Hoffnung würde er sich bewahren.

OPERATION

Jacob

Professor Zjang empfing sie am Spätnachmittag und befragte Ava sehr genau nach den Gesichtsfeldausfällen und nach allen anderen Symptomen, die sie hatte. Obwohl sein Terminkalender sicher voller war, als der von Professor Moulder, wirkte er nicht hektisch oder ungeduldig.

„Ich habe die Bilder, die Dr. Baumann mir elektronisch geschickt hat, bereits angesehen“, sagte er schließlich. „Ich denke schon, dass man den Tumor operieren kann, möchte allerdings morgen noch ein paar Untersuchungen durchführen. Wenn sich meine Einschätzung bestätigt, kann ich Ava Anfang nächster Woche operieren.“

Jacob wäre am liebsten vor Professor Zjang auf die Knie gefallen. „Vielen herzlichen Dank, Herr Professor“, stammelte er. „Wir möchten diese Chance in jedem Fall wahrnehmen, ich weiß nur nicht, ob ich sofort alles bezahlen kann, aber ich schwöre Ihnen, ich werde alles auftreiben.“

Professor Zjang nickte. „Dr. Baumann hat mir Ihre Situation bereits erklärt. Da Ava eine Waise ist, kann ich eine Pro-Bono-Operation beantragen. Allerdings müssen Sie den Teil der Kosten übernehmen, der für das Krankenhaus anfällt. Das klären Sie mit unserer Finanzabteilung. Meine Sekretärin bereitet alles vor und erklärt Ihnen, wohin Sie gehen müssen."

Ava schluchzte laut neben ihm und auch in Jacobs Augen brannten Tränen. Er war so froh, dass Professor Zjang sich bereiterklärte, den Tumor zu entfernen. Und das hatten sie Dominik zu verdanken. Trotzdem er Dominik so verletzt hatte, kümmerte er sich um alles und sorgte nicht nur dafür, dass Ava operiert wurde, sondern auch dafür, dass sie ihr Dach über dem Kopf nicht verloren.

Eine Woche später saß Jacob in einem Warteraum und wippte nervös mit den Füßen. Ava war jetzt schon seit einer Stunde hinter den Schwingtüren verschwunden. Er hatte bei ihr bleiben und ihre Hand halten dürfen, bis die beiden Pfleger, die sie abgeholt hatten, den automatischen Türöffner betätigten und Ava in den Operationsbereich schoben. Zu diesem Zeitpunkt war sie bereits im Halbschlaf gewesen, da man ihr etwas zur Beruhigung gegeben hatte. Jacobs Telefon klingelte.

„Hallo, Helen."

„Und? Hast du schon etwas gehört?"

„Nein. Aber es ist doch erst eine Stunde her. Kein Grund, ungeduldig zu werden", sagte Jacob, obwohl er selbst kaum noch stillsitzen konnte. Warum dauerte das so lange? Natürlich sollte sich Professor Zjang alle Zeit der Welt nehmen und Ava so sorgfältig wie möglich operieren. Doch er wünschte, es wäre endlich vorbei und seiner Schwester ginge es wieder gut.

„Rufe mich bitte sofort an, wenn du etwas erfährst. Ich sitze hier auf glühenden Kohlen und wäre schon verrückt geworden, wenn Maud mir nicht die Hand halten würde."

„Sobald ich etwas von Ava höre, rufe ich an." Hoffentlich ging alles gut! Hoffentlich konnte der Tumor entfernt werden und Ava würde endlich ein normales Leben führen dürfen. Jacob starrte auf sein Smartphone, scrollte mit dem Daumen durch die Kontakte und klickte Dominik an. Er würde so gerne seine Stimme hören. Sie hatte einen so beruhigenden und zuversichtlichen Klang gehabt, als er ihnen Avas Krankheit erklärt hatte. Sicher würde der Klang dieser Stimme ihn in der momentanen Situation auch beruhigen. Doch das hatte er vermasselt. Vielleicht konnte er Dominik wenigstens eine Nachricht schicken, um ihm mitzuteilen, dass Ava gerade operiert wurde. Dabei handelte es sich nur um eine höfliche Geste, schließlich hatten sie Dominik zu verdanken, dass Ava überhaupt operiert wurde. Er tippte eine kurze Nachricht ein und schickte sie ab. Zehn Minuten lang starrte er gebannt auf das Display, doch Dominik antwortete nicht. Verärgert über sich selbst schüttelte Jacob den Kopf. Für private Nachrichten hatte Dominik sicher keine Zeit, schließlich arbeitete er und musste sich um seine Patienten kümmern. Seufzend stand er auf und holte sich einen Becher Kaffee aus dem Automaten, obwohl er gar keinen Appetit darauf hatte. Doch irgendetwas musste er tun. Er setzte sich wieder auf seinen Platz und trank vorsichtig einen kleinen Schluck. Die schwarze Brühe war bitter und erstaunlich heiß. Sein Handy vibrierte und als er Dominiks Namen auf dem Display las, zuckte er vor Schreck zusammen und der heiße Kaffee schwappte auf seine Jeans. „Scheiße", murmelte er, stellte den Kaffee rasch weg und nahm den Anruf an. „Dominik!", rief er atemlos.

„Hallo, Jacob. Wie geht es Ava?“

Jacob schloss kurz die Augen und schluckte den Kloß in seinem Hals. Kein Ärger und keine Ungeduld schwangen in den Worten mit, sondern nur das Mitgefühl und die Freundlichkeit, nach denen er sich so gesehnt hatte. Nur ein Satz aus diesem wunderschönen Mund und die Welt war wieder voller Hoffnung. „Ich weiß es nicht. Sie ist noch im OP.“ Jacobs Stimme zitterte, doch das war ihm egal.

„Wie lange schon?“

„Anderthalb Stunden.“

„Mache dir keine Sorgen. Sie ist in guten Händen.“

„Ich weiß.“

„Schickst du mir eine Nachricht, wenn Ava die Operation hinter sich hat?“

„Das mache ich.“ Jacob zögerte. „Danke, dass du zurückgerufen hast.“

„Gerne. Alles Gute und richte Ava viele Grüße von mir aus.“

„Auch dir alles Gute“, flüsterte Jacob und wartete bis Dominik aufgelegt hatte. Er holte tief Luft. Endlich konnte er wieder richtig atmen. Und dass nur, weil er Dominiks Stimme gehört hatte.

Eine Stunde später saß er an Avas Bett und hielt ihre Hand. Sie hatte ihn kurz angelächelt, ein paar unverständliche Worte gemurmelt und war dann wieder eingeschlafen. Über einen Schlauch tropfte Flüssigkeit in Avas Arm, doch sonst sah sie unversehrt aus. Avas größte Sorge war gewesen, dass man ihr die Haare abrasieren musste, um den Tumor aus ihrem Gehirn zu entfernen. Doch zu Avas und Jacobs großer Überraschung hatte ihnen die Ärztin, die sie am Vortag aufgenommen hatte, erklärt, dass der Eingriff über die Nase vorgenommen wurde.

Gegen Abend kam Professor Zjang vorbei und erklärte Jacob, dass er den Tumor vollständig hatte entfernen können. Ava müsse zwar ihr Leben lang Hormone einnehmen, doch es bestehe berechtigte Hoffnung, dass der Tumor nicht wieder nachwachsen würde. Am liebsten hätte Jacob den Professor umarmt, der ihn freundlich anlächelte. „Ich weiß gar nicht, wie ich Ihnen danken kann“, stammelte er und spürte, wie seine Augen feucht wurden. Seine Schwester bekam ein neues Leben geschenkt!

Der Arzt warf einen Blick auf Ava, die noch immer schlief, und klopfte Jacob auf die Schulter. „Helfen Sie Ihrer Schwester, ihr Leben neu zu sortieren. Es ist wichtig, dass sie jetzt ihre Ernährung umstellt, die Medikamente zuverlässig nimmt und sich bewegt. Sie wird eine Menge Disziplin und Unterstützung brauchen, aber sie hat jetzt eine Chance, gesund zu werden.“

„Das werde ich. Nochmals vielen Dank.“

Erleichtert ließ Jacob sich auf den Stuhl fallen und griff wieder nach Avas Hand. „Wir schaffen das“, flüsterte er ihr zu. Dominik und der Professor hatten alles gegeben, um Ava zu helfen. Er schwor sich, dass er nun alles in seiner Macht Stehende tun würde, um ihr auf dem weiteren Weg zu helfen. Er musste mit Helen reden, dass auch sie Ava half, sich gesund zu ernähren, anstatt sie mit Süßigkeiten zu trösten. Er musste ihr klar machen, wie wichtig das für Ava war.

Mit einem Mal war er unendlich müde. All die Anspannung fiel von ihm ab. Während der vergangenen Woche hatte er vor Sorgen kaum schlafen können. Zum einen machte er sich ständig Gedanken um Ava, die glücklicherweise von ihrer Freundin Charlie abgelenkt wurde, und zum anderen befürchtete er, ihre Existenz zu verlieren. Der Termin in der Finanzabteilung hatte ihn in Angst und Schrecken versetzt. Der Betrag, den Jacob übernehmen musste, war immer noch so hoch, dass ihm der Atem stockte, als er die Rechnung in den Händen hielt. Er hatte sich etwas vorgemacht. Der Verkauf des Hauses und der Werkstatt hätten nicht gereicht, um für die vollen Kosten der Operation aufkommen zu können. Dominik hatte ihn vor dem kompletten Ruin gerettet. Das Klinikum bot ihm eine Ratenzahlung für die übrigen Kosten an, nachdem er seine finanzielle Situation offengelegt hatte, wodurch sie zwar den Gürtel enger schnallen, aber weder das Haus noch die Werkstatt verkaufen mussten.

Jacob stand auf, streckte sich und ließ seine verspannten Muskeln knacksen. „Bis morgen, Kleines“, flüsterte er und beugte sich über Ava, um ihr einen Kuss auf die Stirn zu geben. Sie murmelte etwas und warf den Kopf zur anderen Seite. Etwa eine Stunde später hatte er endlich das günstige Motel am Stadtrand erreicht, in dem sie wohnten, seit sie in Boston waren. Tomah kümmerte sich um die Werkstatt und Jacob war unendlich erleichtert, dass er sie nicht verkaufen und damit auch Tomah und seiner Familie die Existenzgrundlage nehmen musste. Erst als er in dem dunklen, muffigen Zimmer stand, merkte er, dass sein Magen knurrte. Doch er war viel zu erschöpft, um nochmals wegzufahren, um sich etwas zu holen. Aus den Automaten im Erdgeschoss des Motels zog er sich Limonade und zwei Packungen Chips, warf sich aufs Bett und schaltete den Fernseher ein. Eine Talkshow lief und als die Kamera durch den Zuschauerraum schwenkte, stockte Jacob kurz der Atem. Die kastanienbraunen Haare, die hohe Stirn, die dichten Augenbrauen und die gerade Nase! Das war doch nicht etwa Dominik? Der Mann wandte sich der Kamera zu und Jacob schlug sich gegen die Stirn. Er sah völlig anders aus. Sah er schon Gespenster? Seufzend lehnte er sich gegen das Kopfteil. Wie schön wäre es, wenn Dominik hier wäre und er sich einfach nur an ihn kuscheln könnte. Vielleicht würde er noch ein paar tröstende Worte sagen und Jacob mit seiner Stimme und seinen sanften Berührungen in den Schlaf wiegen. Jacob dachte daran, wie sich Dominiks Hand auf seinem Schulterblatt angefühlt hatte, als er die juckenden Mückenstiche versorgt und ihn dann gestreichelt hatte. Wie dumm war er gewesen, dass er Dominik nicht gebeten hatte, seine Hand dort zu lassen und weiterzumachen. Jacob schloss die Augen, gab sich der Erinnerung an diesen kurzen Moment hin und versuchte, sich vorzustellen, wie Dominiks Hand weiter über seinen Körper gewandert wäre, ihn liebkost und verwöhnt hätte. Ruhe und Wärme breiteten sich in ihm aus, sein Atem ging langsamer und allmählich driftete er tief in seine Träume.

Mitten in der Nacht erwachte er von einem lauten Knirschen, als er sich wohl auf eine der Chipstüten gedreht hatte. Der Fernseher flimmerte noch immer ohne Ton, sein Nacken schmerzte und seine Blase drückte. Jacob stellte sich kurz unter die heiße Dusche und putzte die Zähne, bevor er sich wieder hinlegte, die Decke über sich zog und sich auf die Seite rollte.

Als er am darauffolgenden Morgen das Zimmer betrat, in dem Ava lag, saß sie im Bett und strahlte ihn an. „Hast du es schon gehört? Es ist alles gut gegangen!“

Jacob setzte sich zu ihr und nickte. „Ist das nicht fantastisch? Professor Zjang war gestern Abend da und hat es mir gesagt. Ich bin so glücklich.“ Er umarmte seine kleine Schwester, die ihr Gesicht in seine Halsbeuge presste.

„Jetzt wird alles anders“, wisperte sie. „Ich muss das schaffen.“ Sie zeigte auf eine Broschüre, die auf ihrem Nachttisch lag. „Eine Ernährungsberaterin war vorhin schon da und hat mir erklärt, warum ich so zugenommen habe. Sie hat aber auch gesagt, dass ich nicht einfach abnehme, sondern Diät machen muss. Aber jetzt macht mein Körper auch mit.“

Jacob nahm ihre Hand und sah ihr in die Augen. „Wir schaffen das zusammen. Ich helfe dir da durch und mit Oma habe ich gestern auch schon telefoniert. Sie hat versprochen, dich zu unterstützen und sich beim Kochen strickt an deinen Diätplan zu halten.“

Aufmerksam las Jacob die Informationsbroschüren durch, die die Ernährungsberaterin dagelassen hatte. Nach der Visite kam noch eine Spezialistin für Hormonbehandlungen und erklärte Ava, welche Tabletten sie einnehmen musste. „Du musst die Hormonspiegel regelmäßig in Charlottetown messen lassen. Der Bedarf kann sich ändern und muss immer wieder neu angepasst werden. Ich bereite einen Arztbrief vor, den du mitnehmen kannst.“

Ava nickte und bedankte sich. In diesem Moment kam ein Bote ins Zimmer und reichte Ava einen bunten Blumenstrauß.

Die Hormonspezialistin lächelte. „Was für ein schöner Strauß. Da liegst du jemandem sehr am Herzen.“

Freudestrahlend angelte Ava nach der Karte, die in dem Strauß steckte, und suchte dann Jacobs Blick. „Er ist von Dominik.“

Jacob schluckte und brachte kein Wort heraus. Dominik war einfach unglaublich. Wenn er ihm nur sagen könnte, wie sehr er ihn verehrte und bewunderte und dass er sein Herz an ihn verloren hatte.

Am Nachmittag besuchte Charlie Ava und brachte einen weiteren Blumenstrauß mit. Jacob verzog sich in eine Ecke des Krankenzimmers und beobachtete Ava, die gelöst wirkte und kicherte, als Charlie etwas erzählte. Er war so dankbar, dass die Operation gut verlaufen und sie auf dem Weg der Besserung war. Sein Blick schweifte zu dem Blumenstrauß, den Dominik geschickt hatte und der mit den gelben, orangen und roten Tönen Farbe und Wärme in das karge Krankenzimmer brachte. Auch in sein tristes Leben hatte Dominik Wärme und Farbe gebracht. Jacob beschloss, Dominik einen Brief zu schreiben. Verständlicherweise hatte Dominik ihn weggeschickt, nachdem er ihn mit seiner Lüge so verletzt hatte und wollte ihn nicht mehr sehen. Doch Jacob würde ihm schreiben, um sich zu bedanken und ihm seine Liebe zu offenbaren. Er würde keine Fragen stellen und auf keine Antwort hoffen, doch auf diese Weise konnte er sich zumindest entschuldigen.

EIN WUNSCH

Dominik

Dominik schloss die Tür auf und stellte seine Tasche ab, bevor er durch die Post blätterte. Neben Rechnungen und Werbung war ein Briefumschlag aus beigefarbenem Karton dabei, der ziemlich altmodisch wirkte. Er drehte den Brief um und sah überrascht, dass er von Jacob war. Er öffnete ihn und zog eine Karte aus dem gleichen Karton heraus. Mit Füller und in einer ordentlichen, etwas kindlichen Schrift berichtete Jacob in knappen Worten von der Operation und davon, wie es Ava jetzt ging. Er bedankte sich dafür, dass Dominik ihnen geholfen und sie vor dem finanziellen Ruin bewahrt hatte, und schloss mit den Worten:

Ich stehe auf ewig in deiner Schuld und schäme mich für mein Verhalten. In Liebe, Jacob.

Dominik hockte sich neben Butch und kraulte ihn hinter den Ohren. „Was soll ich davon halten?“

Butch neigte den Kopf zur Seite und brummte.

„Genau, ich habe auch keine Ahnung.“

Tagelang brütete Dominik über das „in Liebe“ nach. War es nur eine überschwängliche Floskel aus Dankbarkeit? War es ein Bekenntnis oder eine Lüge?

Dominik antwortete nicht auf den Brief. Er konnte es nicht. Trotzdem sie sich kaum kannten, hatte Dominik sich in Jacob verliebt. Seine Berührungen hatten sich so warm und so echt angefühlt. Doch vielleicht war auch das nur Teil der Lüge gewesen und seine Zärtlichkeiten reine Berechnung. Zu tief hatte ihn der Schmerz getroffen und er würde Jacob so schnell nicht wieder vertrauen können. Ja, vielleicht war er zu empfindlich, doch nachdem Lias ihm das Herz aus dem Leib gerissen hatte, war er ein gebranntes Kind. Er war nicht bereit dazu, sich noch einmal so verletzen zu lassen.

Vier Wochen nach dem Kongress in Boston rief Jeff an und fragte, ob er ihn mit seinen Kindern besuchen könne. „Ich würde gerne schon übermorgen kommen. Meine Exfrau hat kurzfristig eine Einladung bekommen und will, dass ich die Kinder für ein paar Tage nehme. Wenn ich das Angebot nicht annehme, bekomme ich sie wieder nur an den offiziellen Wochenenden."

„Natürlich. Ich freue mich, wenn ihr kommt."

„Vermutlich wird es mit der Unterkunft schwierig, weil es so kurzfristig und in den Sommerferien ist."

„Wir finden schon etwas. Keine Sorge. Ich kann mir zwar keinen Urlaub nehmen, aber wenn ihr möchtet, können wir das Wochenende zusammen verbringen."

„Super. Dann versuche ich mal, meinen Großen zu motivieren. Er kommt sicher nur unter Protest mit, aber solange ich ihn irgendwie locken kann, genieße ich es, Zeit mit den Kindern zu verbringen."

Nachdenklich rieb Dominik sich über die Stirn. Womit konnte man einen Siebzehnjährigen motivieren? „Würde es ihm Spaß machen, angeln zu gehen?" Pauls Familie besaß ein Motorboot und Dominik war schon mehrfach mit Paul und seinen Brüdern auf dem Atlantik gewesen, um zu fischen. Dabei hatte er auch Wale und Delfine gesehen. Vielleicht würde das Jeffs Kindern gefallen.

„Keine Ahnung, aber ich würde gerne fischen gehen."

Dominik lachte. „Ich schaue, was ich organisieren kann."

„Es sind keine Unterkünfte mehr frei", sagte Paul, nachdem er mit seiner Mutter telefoniert hatte.

„Jeff und seine Kinder können doch bei uns übernachten", schlug Maggie vor. „Wir haben ein Gästezimmer und einer kann auf der Couch übernachten."

„Nachher rufe ich Jeff an und frage, ob er damit einverstanden ist."

„Prima." Maggie schrieb eifrig einen Einkaufszettel. „Das ist viel gemütlicher. Hast du Carl schon gefragt, ob er uns mit dem Motorboot rausfährt?"

Paul nickte. „Am Sonntag hat er Zeit und er nimmt Eric mit." Eric war Carls ältester Sohn, arbeitete auch bereits im Betrieb mit und war in etwa so alt wie Jeffs Sohn.

„Gute Idee. Jetzt bräuchten wir nur noch ein Mädchen im Alter seiner Tochter, aber ihr Saunders zeugt ja nur Jungs."

„Wenn wir überhaupt zeugen können", murmelte Paul.

Dominik horchte auf. Das Thema ging ihn zwar nichts an, aber in Pauls Stimme lag eine Resignation, die er nicht mehr gehört hatte, seit Maggie ihn nach der Hirnblutung davon überzeugt hatte zu kämpfen.

„Maggie, Paul, was ist los? Möchtet ihr mit mir darüber sprechen?"

Maggie legte den Stift weg und sah ihn an. Mit einem Mal schien der freudige Eifer, mit dem sie den Besuch vorbereitet hatte, wie weggefegt und Tränen traten ihr in die Augen. „Ich werde nicht schwanger."

„Es liegt nicht an dir“, warf Paul ein. „Sicher bin ich schuld daran.“

„Das ist doch keine Frage der Schuld, sondern eine Frage der Ursache.“ Dominik reichte Maggie ein Taschentuch. „Wie lange versucht ihr es schon?“

„Seit der Hochzeit.“ Maggie schniefte und wischte mit dem Tuch ihre Tränen weg.

„Habt ihr euch untersuchen lassen?“ Die Hochzeit war anderthalb Jahre her.

„Nein. Wahrscheinlich hängt es mit meiner Erkrankung zusammen. Maggie hätte nicht so einen Krüppel heiraten sollen.“

Maggie heulte auf. „Lass das, Paul.“

„Du bist kein Krüppel und ich wüsste nicht, wie die Hirnblutung im Zusammenhang mit deiner Zeugungsfähigkeit stehen sollte. Du hast keine Medikamente bekommen, die die Fruchtbarkeit beeinträchtigen.“

Paul vergrub das Gesicht in den Händen. „Maggie möchte so gerne Kinder. Warum kann ich nicht wenigstens an dieser Stelle der Mann sein, den sie verdient?“

„Bitte höre auf, Paul.“ Maggie schluchzte leise. „Wir tragen das gemeinsam. Du darfst dich nicht mit solchen Gedanken runterziehen. Das hilft uns beiden nicht.“

„Warum habt ihr es noch nicht abklären lassen?“, fragte Dominik.

„Das ist gar nicht so einfach“, erklärte Maggie. „Auf Prince Edward Island gab es eine einzige Ärztin, die Paare mit unerfülltem Kinderwunsch beraten und behandelt hat, doch sie hat vor zwei Jahren zugemacht und es gibt keine Nachfolgerin.“

„Dann müsst ihr eben nach Halifax fahren. Das ist doch kein Problem.“

„Paul darf noch nicht fahren und mir ist die Strecke zu weit“, flüsterte Maggie.

„Eigentlich wollten wir nicht darüber reden. Es ist zu persönlich und zu belastend. Wenn wir es meiner Familie erzählen, machen sie ein Riesending daraus und ich glaube, das ertrage ich nicht. Es war schon demütigend genug, nach der Blutung hilflos wie ein Baby im Haus meiner Eltern herumzuliegen und mir den Hintern wieder von meiner Mutter abwischen zu lassen. Ich liebe meine Familie, aber ich bin ein erwachsener Mann und will mich auch wie einer fühlen können.“

„Ich bin doch auch noch da“, meinte Dominik. „Warum habt ihr euch nicht mir anvertraut?“

In Maggies Wimpern hingen Tränen. „Du hast keinen Partner und ich weiß, dass du darunter leidest. Wir sind bis auf dieses kleine Problem, das mich allerdings in den letzten Monaten immer mehr bedrückt hat, glücklich verheiratet. Es kam uns undankbar vor, dich mit unserem Kummer zu belasten.“

Obwohl es ihm unpassend erschien, musste Dominik lachen. „Ihr habt mir nicht davon erzählt, um mich zu schonen? Was seid ihr denn für komische Vögel? Ich liebe euch und möchte, dass ihr glücklich seid. Und wenn ich euch irgendwie dabei helfen kann, tue ich das von Herzen gerne.“ Er nahm Maggie in den Arm und strich ihr über die Haare. „Wie kannst du nur so abwegige Gedanken haben? Morgen rufst du in Halifax an und machst einen Termin aus. Ich fahre euch.“ Er suchte Pauls Blick. „Deiner Familie sollten wir nichts davon erzählen. So lieb sie sind, manchmal sind sie ganz schön anstrengend. Uns fällt schon ein Grund ein, warum wir immer mal wieder nach Halifax fahren müssen.“

Das Abendessen verlief recht schweigsam. Dominik machte sich Vorwürfe, dass er nicht gemerkt hatte, wie sehr Maggie und Paul litten. Er hätte aufmerksamer sein sollen. Wie mehrmals an jedem Tag wanderten seine Gedanken zu Jacob. Er hatte sich ebenfalls Vorwürfe gemacht, weil er Ava nicht zu den richtigen Ärzten gebracht hatte und ihr Tumor daher so lange unerkannt geblieben war. Dominik hatte versucht, ihn zu trösten. Vermutlich war es ihm nicht gelungen und nun spürte er selbst diese quälenden Gedanken, weil er nicht für die Menschen, die ihm am Herzen lagen, dagewesen war. Doch von nun an würde er sich darum kümmern, dass Maggie und Paul ihren Traum von einem Kind nicht aus logistischen Gründen begraben mussten. Trotz aller Schwierigkeiten war es für Ava auch gut ausgegangen. Sie hatte am darauffolgenden Tag einen Termin in seiner Sprechstunde. Seit sie gemeinsam nach Boston gefahren waren, hatte er sie nicht mehr gesehen und war gespannt darauf, wie es ihr ging. Vielleicht würde er sie fragen, ob sie Lust hatte, sich mit Jeffs Tochter die Orte anzusehen, die Lucy Maud Montgomery in ihren Büchern so bildhaft beschrieben hatte und die sich tatsächlich seither kaum verändert hatten.

BESUCH

Dominik

Vor ihnen lag das strahlend weiße Häuschen, von dem sich das dunkelgrüne Dach und die Fensterläden kontrastreich abhoben. Gemächlich spazierten sie an dem weiß gestrichenen Lattenzaun und der dekorativ daneben aufgestellten Kutsche entlang und beobachteten die Bienen, die von Blüte zu Blüte flogen, um Nektar zu sammeln. Dominik hatte sich die Touristenattraktion, die die Besucher in die Welt der Anne Shirley entführen sollte, erst ein einziges Mal angesehen, als er seine Eltern auf der Insel herumgeführt hatte. Ihm war die schöne, heile Welt mit den gepflegten Blumenrabatten, dem akkurat geschnittenen Rasen und der Kult um das aufgeweckte Waisenmädchen zu kitschig, zumal er noch nie etwas von dem wohl berühmtesten Kinderbuch Kanadas gehört hatte, bevor er auf die Insel gezogen war. Jeff ging neben ihm, vor ihm spazierten seine Tochter Madison und Ava und unterhielten sich. Obwohl die Operation erst vier Wochen her war, sah Ava schon besser aus. Noch immer war sie massiv übergewichtig, doch ihre Haut war nicht mehr teigig und aufgedunsen und ihr Blick nicht mehr so stumpf. Als ihre Großmutter sie vor einer

Stunde gebracht hatte, fiel sie Dominik um den Hals und berichtete ihm stolz, dass sie bereits fünf Kilo abgenommen habe. Ihre Großmutter Helen umfasste seine Hand mit ihren beiden Händen. „Danke, für alles." Mehr sagte sie nicht, doch Tränen hatten in ihren Augen gestanden, als sie sich von Ava verabschiedet und zurück zu ihrem Wagen gegangen war.

„Ich komme nicht mit rein", ließ Jeffs Sohn Owen sie wissen, setzte sich auf eine Bank im Schatten eines Baumes und zog sein Smartphone aus der Tasche. Er war genauso groß wie Jeff und deutlich übergewichtig.

„Okay." Jeff zögerte kurz und folgte dann seiner Tochter in das urig möblierte Haus, in dem von den Bildern an den Wänden, über die Bettüberwürfe und die Holzmöbel, bis hin zur Waschschüssel aus Keramik alles so eingerichtet war, wie Lucy Maud Montgomery es beschrieben hatte. Zwischen quietschenden Japanerinnen, die eifrig fotografierten, schlängelten sie sich von einem Raum in den nächsten. Madison hatte vor Aufregung glänzende Augen, zeigte auf verschiedene Gegenstände und erzählte Ava, wo sie in dem Roman erwähnt wurden.

„Er hat die Scheidung nicht gut verkraftet", sagte Jeff, als sie in der Speisekammer standen und ein Butterfass bestaunten. Dominik brauchte einen Moment, um zu realisieren, dass er von Owen sprach. „Vermutlich belastet es ihn zusätzlich, dass sein Vater homosexuell ist, auch wenn er sagt, dass es für ihn in Ordnung sei. Wenn man in der Pubertät ist, wirft diese Tatsache eine Menge Fragen auf und vermutlich hat er auch einiges an Spott ertragen müssen, als bekannt wurde, dass sein Erzeuger auf Männer steht."

„Hat er dir davon erzählt?"

„Natürlich nicht. Er redet nicht über die Schule oder über das, was er empfindet." Jeff seufzte. „Die Pubertät ist eine beschissene Zeit, ich denke nur mit Grauen an meine eigene zurück."

„Wusstest du da schon, dass du schwul bist?" Dominik war sich mit etwa sechzehn seiner sexuellen Orientierung bewusst geworden und konnte sich Jeffs Erinnerungen nicht anschließen. Natürlich war die Pubertät nicht einfach gewesen, doch er hatte vorwiegend gute Erinnerungen. Seine Eltern hatten nie ein Problem damit gehabt, dass er schwul war. Lias war sein erster Freund gewesen, sie hatten sich mit siebzehn kennengelernt und er dachte gerne an die ersten gemeinsamen Jahre zurück, an den Spaß, den sie gehabt hatten, und an ihre ersten sexuellen Experimente. Das Ende der Schulzeit, der Beginn des Studiums, ihre erste gemeinsame Wohnung, es war eine unbeschwerte Zeit voller Hoffnungen und Träume gewesen. All die Jahre mit Lias waren schön gewesen. Den Abschied hatte er nicht kommen sehen. Nur die letzten Wochen und die Zeit nach ihrer Trennung erfüllten ihn mit Bitterkeit.

„Irgendwie wusste ich es damals schon, aber ich wollte es nicht wahrhaben. Es hat mir ziemliche Angst gemacht und ich dachte, ein Leben als Homosexueller würde ein Leben in Einsamkeit und sozialer Isolation bedeuten. Außerdem war ich immer schon sehr ehrgeizig und wollte Karriere in der Medizin machen. Ich hatte Angst, dass ich als Homosexueller nicht die gleichen Chancen bekommen würde. Daher habe ich früh geheiratet. Vermutlich, um mich selbst vom Gegenteil zu überzeugen, und damit niemand Verdacht schöpft."

„Anscheinend hat das nicht so gut funktioniert."

„Nicht wirklich. Trotzdem bin ich im Nachhinein froh, dass ich mich damals so entschieden habe. Ich liebe meine Kinder und die ersten Jahre mit ihnen waren wunderschön. Das möchte ich nicht missen. Und ich liebe auch Josie, meine Exfrau. Aber eben auf eine andere Weise. Ich hoffe, dass sie das eines Tages versteht und mir verzeihen kann.“

Mittlerweile waren sie wieder aus dem Haus getreten und warteten im Souvenirshop auf Madison und Ava, die Strohhüte ausprobierten. „Hat Owen erst nach der Scheidung so zugenommen?“

„Er war vorher schon kräftig, aber seit der Scheidung wird es immer schlimmer. Mittlerweile mache ich mir große Sorgen um seine Gesundheit und seine Psyche. Aber versuche mal, ein Gespräch diesbezüglich mit einem Siebzehnjährigen zu führen, ohne ihn zu verletzen.“

„Als Vater bist du da vermutlich nicht die richtige Person.“

„Das mag sein, aber ohne Josies Einverständnis kann ich ihn nicht in eine Therapie schicken.“

„Warum ist sie damit nicht einverstanden?“

Jeff zuckte mit den Schultern. „Sie gibt mir dic Schuld dafür und sagt, dass ein Therapeut nicht reparieren kann, was ich kaputt gemacht habe.“

„Das tut weh.“

„Das tut es.“ Jeffs Blick wanderte zu Ava. „Was ist mit ihr? Cushing, oder?“

„Ja, Professor Zjang hat sie kurz nach dem Kongress operiert, weil ich ihn darum gebeten hatte.“

Jeff sah ihn fragend von der Seite an. „Sie ist mit dir nach Boston gefahren, richtig?“

Dominik nickte.

„Vorhin hat sie Madison erzählt, dass ihre Eltern tot sind und dass sie mit ihrer Oma und ihrem großen Bruder zusammenlebt.“

„Jacob.“

„Ah!” Jeff grinste. „Jacob, also.“

“Ich möchte nicht darüber reden.“ Dominik ärgerte sich. Jeff durchschaute ihn viel zu schnell.

Nachdem Madison sich endlich von den Andenken losreißen konnte, fuhren sie zum Cavendish Beach, wo Maggie und Paul bereits mit einem Picknick auf sie warteten.

„Hier sieht es aus wie in der Karibik.“ Staunend blickte Jeff auf das türkisblaue Meer und die weißen Schaumkronen der Wellen, die sanft auf den endlosen Sandstrand rollten.

„Nur viel schöner“, sagte Paul und drückte lächelnd Maggies Hand.

„Unglaublich.“ Jeff schüttelte den Kopf. „Warum hat mir niemand gesagt, wie traumhaft es hier ist?“

„Weil es niemand kennt. Willkommen im letzten unbekannten Paradies.“ Dominik holte Becher und Teller aus Porzellan aus dem Picknickkorb - Maggie würde nie Einweggeschirr verwenden - und öffnete die Dosen mit belegten Broten und Obstsalat. Paul schenkte ihnen selbstgemachte Limonade ein und sie machten es sich auf der Picknickdecke gemütlich. Nach dem Essen streckte Dominik sich aus und schloss die Augen, während die Kinder am Strand Muscheln suchten. Jeff und Paul gingen ebenfalls ein Stück spazieren, während Maggie ein Buch aufschlug.

„Hast du was mit ihm?“, fragte sie nach einer Weile.

„Was? Mit wem?“ Dominik war kurz davor gewesen, einzuschlafen.

„Mit Jeff.“

„Nein, er ist nur ein Freund.“

„Aber er ist schwul?“

„Woher willst du das wissen?“

„Ich könnte jetzt sagen, dass ich eine besondere Antenne dafür habe, aber ich habe mitbekommen, wie Madison es Ava erzählt hat."

„Dann brauchst du ja nicht zu fragen."

„Er ist nett, witzig und sieht gut aus. Und ihr scheint euch auch gut zu verstehen. Wäre er nichts für dich?"

Dominik stöhnte. „Nur weil er schwul und nett ist und weil ich sexuell unterversorgt bin, passen wir nicht automatisch zusammen."

„Du musst nicht gleich schnippisch werden. Ich wünsche dir doch nur, dass du glücklich wirst."

„Das ist nett, aber Jeff ist nicht der richtige für mich." Automatisch wanderten seine Gedanken wieder zu Jacob, wofür Dominik sich am liebsten geohrfeigt hätte. Warum dachte er ständig an ihn? Das war nur schmerzhaft und half ihm nicht weiter.

Nach einer halben Stunde kam Jeff zurück und ließ sich neben Dominik auf die Decke fallen. „Kommst du mit ins Wasser? Es ist so warm, dass ich dringend eine Abkühlung brauche."

„Klar." Dominik badete gerne im Meer, war aber in diesem Sommer noch gar nicht dazu gekommen. Maggie und Paul gingen nicht ins Wasser und allein hatte er keine Lust gehabt. Er streifte das T-Shirt und die Hose ab, seine Schwimmshorts hatte er darunter an. Gemeinsam wateten sie in das flache Wasser und wagten sich langsam in die kühlen Fluten des Atlantiks.

„Okay", meinte Jeff. „Das ist dann doch nicht ganz so wie in der Karibik."

„Nein, es ist viel erfrischender."

„Ihr Insulaner seit ganz schön vernarrt in eure Insel."

„Man liebt oder man hasst sie."

„Du bist doch aus Berlin, der Stadt, der man nachsagt, die aufregendste Schwulenszene der Welt zu haben. Wie kannst du dich in dieser Provinz nur wohlfühlen? Nichts gegen die Landschaft hier, es ist so idyllisch wie in einem Kinderbuch. Aber in welchem Kinderbuch kommen schwule Männer vor?"

Dominik lachte. „Mir gefällt die Idylle."

Schnaubend und prustend tauchte Jeff unter und begann zu schwimmen. „Nun ja, jedem das seine."

Nebeneinander schwammen sie ein Stück aufs Meer hinaus, bis zu einer vorgelagerten Sandbank, auf der sie wieder aus dem Wasser wateten und ein Stück über den nassen Sand spazierten. Dominik blickte zurück und kniff die Augen zusammen. „Sind das Ava und Owen, die da nebeneinander am Strand entlanggehen?"

Auch Jeff blickte angestrengt in die Richtung. „Es sieht so aus, als würden sie sich unterhalten. Madison läuft ein Stück hinter ihnen und bückt sich ständig. Vermutlich muss ich tonnenweise Muschelschalen mit nach Hause nehmen. Sie ist noch ziemlich kindlich für ihr Alter." Er beschattete seine Augen mit der Hand. „Wäre ja schön, wenn Jeff mal jemanden findet, mit dem er sich unterhalten kann. Vielleicht fühlt er sich von Ava verstanden, weil sie mit ähnlichen Problemen kämpft wie er selbst."

„Das wäre möglich."

„Lass uns zurückschwimmen, der Wind ist ganz schön frisch hier draußen." Jeff watete zurück ins Wasser. „Kommt es mir nur so vor oder ist es noch kälter als vorhin?"

Lachend sprang Dominik ins Wasser und spritzte Jeff nass. „Memme."

„Na, warte." Jeff hechtete auf ihn zu und schupste ihn ins Wasser.

Grinsend tauchte Dominik wieder auf. „Das macht mir nichts aus.“

„Lass uns lieber wieder zurückschwimmen“, meinte Jeff. „Mir ist wirklich kalt.“ Mit kräftigen Schwimmstößen hielt er auf den Strand zu.

Dominik folgte ihm und dachte an Jacob, der ihn in dem See im Fundy National Park untergetaucht hatte. Die Balgerei mit ihm im Wasser war so heiß gewesen und jedes Mal, wenn sie sich berührt hatten, war seine Haut elektrisiert gewesen. Jeffs Berührung hingegen hatte nichts in ihm ausgelöst.

Fröstelnd wickelte Jeff sich in ein Handtuch, als sie die Picknickdecke wieder erreicht hatten.

„Möchtest du einen Kaffee?“, fragte Maggie und schraubte eine Thermoskanne auf.

„Das wäre wunderbar.“ Mit einem dankbaren Lächeln nahm Jeff die Tasse, die sie ihm reichte und schlürfte das wärmende Getränk. Dabei beobachtete er Owen und Ava, die auf sie zukamen. Ava lachte, als Owen etwas sagte und auch auf seinem Gesicht lag ein zaghaftes Lächeln.

„Vielleicht hat Ava Lust, uns morgen beim Angeln zu begleiten“, meinte Maggie mit einem Seitenblick auf Jeff.

Jeff nickte. „Wir fragen sie gleich.“

Während Maggie und Paul das Abendessen vorbereiteten, fuhr Dominik Ava nach Kensington. Er parkte den Wagen vor einem weißen Häuschen, von dem die Farbe an einigen Stellen abblätterte, mit einer breiten Veranda. Er stieg aus und holte Avas Tasche aus dem Kofferraum, während Ava bereits zum Haus ging. Noch bevor sie die fünf Stufen erklommen hatte, die auf die Veranda führten, öffnete sich die Haustür und Jacob trat heraus. Ava umarmte ihn und er strich ihr liebevoll über die Haare. „Hattest du einen schönen Tag?“

„Es war super!“ Ava strahlte ihn an. „Darf ich morgen auch zu Madison? Paul hat mich eingeladen, mit zum Fischen rauszufahren.“

Fragend blickte Jacob auf und als sich ihre Blicke trafen, setzte Dominiks Herz einen Schlag aus.

„Hallo, Dominik“, sagte Jacob leise. „Danke, dass du Ava nach Hause gebracht hast.“

„Gerne. Wir möchten Ava morgen auch mitnehmen. Pauls Familie hat ein Motorboot und wir würden mit den Kindern an der Küste entlangfahren und fischen.“

„Darf ich?“, unterbrach Ava ihn mit aufgeregter Stimme.

„Ja, natürlich, wenn du eingeladen bist.“

„Wahnsinn! Ich muss Oma gleich alles erzählen.“ Sie schob sich an ihrem Bruder vorbei durch die Tür.

„Wer ist Paul?“, fragte Jacob.

„Paul und seine Frau Maggie sind meine Mitbewohner.“

Jacob zog die Augenbrauen zusammen „Maggie und Paul?“ Mit einem Mal schlug er sich gegen die Stirn. „Na klar! Du bist Arzt und schwul!“

Verständnislos blickte Dominik ihn an. Über diese Fakten war Jacob auch vorher schon informiert gewesen.

„Ich glaube wir haben schon mal miteinander telefoniert.“

„Klar, haben wir das.“ Hatte Jacob den Verstand verloren?

„Ich meine vor etwa einem halben Jahr. Im November oder so.“

„Vor einem halben Jahr?“

„Du hast mich versehentlich wegen deiner zerstochenen Reifen angerufen.“

Dominik riss die Augen auf. „Was? Ausgerechnet dich habe ich angerufen?“

Jacob lächelte vorsichtig. „Ein seltsamer Zufall."

„Ein dummer Zufall", murmelte Dominik unangenehm berührt. „Kann ich Ava morgen früh um zehn abholen?"

„Ich bringe sie euch."

„In Ordnung." Dominik wandte sich um und ging rasch zurück zu seinem Wagen. Er musste hier weg. Auf dem Rückweg wäre er fast in einen Kartoffelacker gefahren, weil er sich nicht auf das Fahren konzentrieren konnte. Er konnte sich noch genau an das Telefonat erinnern, als er Aaron wegen der zerstochenen Reifen hatte anrufen wollen und offensichtlich bei Jacob gelandet war. Die Stimme auf der anderen Seite der Leitung hatte ihm gefallen und er hatte sich gefragt, wie der Mann wohl aussah. Nun wusste er es. Verärgert schüttelte er den Kopf und parkte neben Jeffs Kombi.

„Wir haben schon angefangen zu essen", rief Maggie ihm zu, als er eintrat.

„Ich springe nur noch schnell unter die Dusche und komme gleich." Sein Haar klebte verkrustet vom Salzwasser auf dem Kopf und er brauchte einen kurzen Moment für sich.

„Das Essen war sehr lecker und wahnsinnig gesund", meinte Jeff, als sie in Dominiks Schlafzimmer standen. Madison und Owen waren bereits im Gästezimmer verschwunden, Maggie und Paul räumten unten noch auf. Jeff setzte sich aufs Bett und blickte durch das Fenster auf den Ozean, der sich in der Dämmerung vor ihnen ausbreitete. Er hatte in der vorherigen Nacht neben Dominik geschlafen, da das Sofa zu kurz für ihn war. „Hast du wirklich nicht wenigstens eine Dose Bier irgendwo versteckt?"

Lachend schüttelte Dominik den Kopf. „Tut mir leid. Ich war schon ewig nicht mehr einkaufen und Maggie besorgt keinen Alkohol."

„Du bist ein ungebundener, schwuler Mann und lässt dir das Leben von einer Frau diktieren? Nichts gegen Maggie, aber sie übertreibt es mit ihrem Gesundheitswahn. Das ist nicht gut fürs Gemüt."

„Ich habe mich daran gewöhnt und vermisse nichts. Aber wenn du noch ein Bier trinken magst, fahren wir zu meinem Lieblingspub."

„Du hast einen Lieblingspub? Sieh an. Dann bist du doch nicht so ein Langweiler, wie ich gedacht habe."

Grinsend zog Dominik ihn hoch. „Komm, ich zeige dir das aufregende Nachleben von Prince Edward Island."

Sie fuhren die Strecke zurück nach Kensington, vorbei an dem Kartoffelfeld, mit dem Dominik vor ein paar Stunden beinahe nähere Bekanntschaft gemacht hatte, und parkten vor der Kensington Station. Das Island Rock Pub war gut gefüllt an diesem Samstagabend und Aaron, der an einem Tisch mit einigen seiner Kollegen saß, prostete Dominik zu, als er mit Jeff an seinem Tisch vorbei ging. Sie fanden einen freien Tisch in einer Nische und bestellten ein Bier.

„Nett eingerichtet", meinte Jeff, während sie auf das Bier warteten. „Für meinen Geschmack allerdings auch schon wieder zu bilderbuchmäßig. Ich mag es lieber ein bisschen verkommen."

„Wenn du auf morbiden Charme stehst, musst du unbedingt nach Berlin."

„Das steht schon lange auf meiner Wunschliste."

„Bevor du hinfliegst, gib mir Bescheid. Ich habe Freunde dort, die dir die Stadt und die Schwulenszene zeigen können."

„Klingt verlockend.“ Der Wirt brachte das Bier und Jeff nahm einen großen Schluck. „Ah, tut das gut.“

Jeff hatte gerade ein zweites Bier bestellt, als Aaron zu ihrem Tisch kam. „Hallo, Dominik.“ Neugierig sah er zwischen Jeff und ihm hin und her.

„Aaron, das ist Jeff, ein Kollege aus Montreal.“

Jeff streckte die Hand aus und Aarons schmale Hand verschwand in seiner Pranke. „Ich … äh ... bin Aaron“, stammelte er und starrte Jeff an. „Wir haben uns über Pauls Familie kennengelernt.“

„Also ein eingeborener Insulaner“, meinte Jeff und grinste Aaron an. „Setzt dich doch zu uns, Aaron aus Prince Edward Island.“ Er zog ihn neben sich. „Magst du ein Bier?“

„Ja, gerne.“

„Nimm schon mal meines.“ Jeff reichte Aaron das Glas, das gerade gebracht wurde und bestellte ein weiteres. „Und was machst du beruflich, Aaron aus Prince Edward Island?“ Er rutschte noch ein Stück näher zu Aaron und grinste ununterbrochen.

„Ich… äh … ich arbeite in einem Versicherungsbüro.“

Dominik trank einen Schluck und beobachtete die beiden amüsiert. Jeffs Art zu flirten erinnerte ihn an eine Dampfwalze, die den zierlichen Aaron gerade unter sich begrub. Bei Aaron schienen die Denkprozesse nur noch sehr verlangsamt abzulaufen, er starrte Jeff an und umklammerte das Bierglas mit beiden Händen. Nur wenige Minuten später bemerkte Dominik, wie Jeff seine Hand unter dem Tisch auf Aarons Oberschenkel schob und sich auf Aarons Gesicht hektische rote Flecken ausbreiteten. Sie tranken noch ein weiteres Bier, bevor Jeff Aaron von der Bank schob. „Wir gehen mal frische Luft schnappen, eine rauchen quasi.“ Er zwinkerte

Dominik zu und schupste Aaron vor sich her, der über seine Füße stolperte.

Dominik trank seine Limonade aus, zahlte und beschloss, dass er versuchen musste, Aaron zu retten. Er fand die beiden auf der Rückseite des Gebäudes, in einer dunklen Nische. Jeff presste Aaron mit seinem schweren Körper gegen die Hauswand und seine Zunge schien bis zum Anschlag in Aaron verschwunden zu sein. Allerdings machte Aaron keineswegs den Eindruck, dass er gerettet werden wollte. Er stöhnte verhalten und krallte sich an Jeffs Hemd fest. Dominik räusperte sich und die beiden fuhren auseinander. „Wollt ihr das nicht woanders fortsetzen?“ Er war ziemlich überrascht, denn während er mit Aaron zusammen gewesen war, hatte dieser ihm niemals gestattet, ihn außerhalb ihrer verschlossenen Schlafzimmer zu küssen.

Verlegen fuhr Aaron sich durch die Haare. „Das wäre mir schon lieber.“

„Du bist doch immer noch nicht geoutet, oder?“, fragte Dominik.

Aaron schüttelte den Kopf. Fast schon schüchtern sah er Jeff an. „Tut mir leid.“

„Es muss dir nicht leidtun. Darum kümmern wir uns später, aber jetzt hätte ich gerne ein ruhiges Plätzchen, wo ich dich ungestört ficken kann. Auf eurer idyllischen Insel findet sich doch sicher ein romantisches Örtchen für solche Schweinereien.“

Sogar in der Dunkelheit, konnte man erkennen, wie Aarons Kopf glühte.

„Jeff, vielleicht lässt du Aaron ein kleines bisschen Zeit“, wandte Dominik ein. „Du bist ganz schön stürmisch.“

Jeff legte seine Hand an Aarons Wange und streichelte ihn mit dem Daumen. „Bin ich dir zu stürmisch? Du musst es nur sagen."

„Nein", krächzte Aaron. „Wir können zu mir. Ich kann nur nicht mehr fahren. Meine Beine fühlen sich an wie Wackelpudding."

„Ich fahre euch." Während der kurzen Fahrt fiel Jeff auf der Rückbank über Aaron her, der hemmungslos stöhnte.

„Schafft ihr es noch bis in dein Schlafzimmer?", fragte Dominik, als er die Tür öffnete und die beiden herausstolperten „Habt ihr Kondome und Gleitgel?" Er kam sich seltsam vor, als er beobachtete, wie Jeff Aaron an der Hand nahm und ihn die Stufen hochzog, während dieser albern kicherte. Kopfschüttelnd setzte er sich wieder ins Auto und fuhr erneut an dem Kartoffelacker vorbei nach Hause.

Am nächsten Morgen war er gerade dabei, sich einen Kaffee zuzubereiten, als sein Handy klingelte.

„Kannst du uns abholen?" Jeff klang wesentlich ausgeschlafener, als Dominik sich fühlte.

„Was heißt *uns*?"

„Für so ein dünnes Hemd wie Aaron ist doch auf dem Boot sicher noch Platz."

„Hältst du das für eine gute Idee? Schließlich sind deine Kinder dabei."

„Wir müssen ja nicht gleich auf Deck vögeln. Aaron braucht ohnehin eine Pause."

„Wenn du meinst." Dominik füllte den Kaffee in einen Thermobecher, nahm den Autoschlüssel und fuhr rückwärts aus der Einfahrt.

Auf dem Weg zurück nach Hause beobachtete er kopfschüttelnd Jeff und Aaron im Spiegel, die wie verliebte Teenager Händchen hielten und sich ständig küssten. Aaron hatte sich den Schirm einer Baseballkappe tief ins Gesicht gezogen und trug den Kragen seines Poloshirts hochgeklappt, was die leuchtend roten Knutschflecke auf der blassen Haut seines Halses jedoch nur unzureichend verdeckte. Für Aaron hoffte er, dass Jeff ihn nicht genauso schnell fallen ließ, wie er ihn sich geangelt hatte. Er war überrascht gewesen, in welchem Tempo Jeff am Vorabend zugeschlagen hatte. Wie ein Raubfisch auf Beutezug. Aaron war ein Sensibelchen, das sich von diesem Überfall nicht so schnell erholen würde. Vor allem, wenn Jeff ihn mit seiner ungestümen Libido auf der Insel outete und ihn dann in genau der Situation zurückließ, vor der er sich seit Jahren fürchtete. Zu Dominiks Überraschung änderte Jeff sein Verhalten, sobald sie das Haus betraten. Sittsam setzte er sich Aaron gegenüber an den Tisch, trank einen Kaffee und überließ es Dominik, Aaron seinen Kindern als einen Bekannten vorzustellen, als sie in die Küche kamen.

„Willkommen an Bord." Carl und seine Frau Melissa winkten, während ihr Sohn Eric ihnen die Hand reichte, um ihnen an Bord zu helfen.

„Meine Güte, das ist ja eine Yacht und kein Motorboot." Staunend blickte Jeff sich um. „Wahnsinn!"

„Es ist ein Sealiner F46 Baujahr 2010", erklärte Carl nicht ohne Stolz.

„Von so etwas habe ich schon immer geträumt. Irre!" Er verschwand mit Carl im Cockpit und ließ sich die Instrumente erklären. Eric machte die Leine los und das Boot tuckerte langsam von der Anlegestelle des Charlottetown Yacht Clubs in den natürlichen Hafen, der durch den Zusammenfluss dreier Flüsse gebildet wurde. Vorbei am Rocky Point steuerte Eric das Boot durch die Meerenge, die den Hafen von der Northumberlandstraße trennte. Sobald sie das offene Wasser erreicht hatten, drückte Eric den Schalthebel nach unten, sie nahmen an Fahrt auf und fuhren in Richtung Pictou Island. Dominik lehnte sich zurück und genoss den Fahrtwind, der ihm um die Nase wehte. Das Wetter war herrlich, die See ruhig, es versprach ein wunderschöner Ausflug zu werden. Jeff war mit Eric, Paul und Carl im Cockpit und strahlte über das ganze Gesicht, weil er unter deren Aufsicht die Yacht steuern durfte. Nebenbei erklärten sie ihm die Navigationsgeräte. Maggie und Melissa saßen zusammen und unterhielten sich, genau wie Ava und Owen, die so dicht beisammensaßen, dass ihre Oberschenkel sich berührten. Aus den Augenwinkeln heraus beobachtete Dominik wie Owen, der Ava gestikulierend etwas erzählte, dabei ihre Hand streifte. Die Berührung war zu plump, um zufällig zu sein. Hoffentlich war Owen in Liebesdingen nicht genauso stürmisch wie sein Vater. Avas Wangen waren gerötet und sie lächelte Owen an. Sie schien glücklich zu sein und das gönnte er ihr von Herzen. Dominiks Blick schweifte zu Madison, die neben Ava saß und sich an der Sitzbank festklammerte. Ihrem Gesichtsausdruck nach zu urteilen, ging es ihr nicht so gut. Entweder war ihr schlecht oder sie hatte Angst. Dominik überlegte noch, ob er zu ihr gehen und sie fragen sollte, als Aaron sich neben sie setzte. Er lächelte sie an und stellte ihr wohl eine Frage. Wenige Minuten später sah auch Madison entspannt aus und plauderte mit Aaron.

Die Südküste der Insel war nur noch ein Streifen am Horizont, als Eric, Paul und Carl die Angeln vorbereiteten und auswarfen. Für das Fischen hatte Dominik nicht viel übrig, er sah lieber zu, wie Jeff gekonnt mit der Angel hantierte. Auch Owens Bewegungen waren geübt, er zeigte Ava, wie sie die Schnur wieder aufwickeln musste, stand dabei dicht hinter ihr und berührte ihre Hand. Aaron und Madison kämpften lachend mit der dritten Rute und ließen sich von Eric beim Auswerfen helfen. Jeff zog ein paar Makrelen an Bord und Aaron und Madison quietschten um die Wette, als bei ihnen ebenfalls ein Fisch an der Leine zappelte. Sie zogen einen Knurrhahn aus dem Wasser. Madison bestaunte den wunderschönen Fisch und bestand darauf, ihn zurück ins Meer zu werfen. Eric löste vorsichtig den Haken aus dem Fisch und ließ ihn zurück in die Fluten gleiten.

Am Nachmittag warfen sie den Anker vor dem Basin Head Provincial Park aus und Eric fuhr sie nacheinander mit dem kleinen Beiboot an den schönen Sandstrand, wo sie picknickten. Nach dem Essen spazierten Jeff und Dominik über den weißen Sand, der unter ihren Füßen quietschte, weshalb man diesen Strandabschnitt als „singing sands“ bezeichnete.

„Ist er nicht umwerfend?“, fragte Jeff mit einem Seitenblick auf Aaron, der mit Madison eine Sandburg baute.

Dominik brummte nur zustimmend. Er wusste nicht, wie er Jeff darum bitten sollte, Aaron nicht zu verletzen, ohne Jeff dabei zu nahe zu treten.

Stirnrunzelnd sah Jeff ihn von der Seite an. „Was ist los? Ärgert es dich, dass ich ihn mir geschnappt habe, weil ihr mal zusammen wart? Aaron hat gesagt, es sei schon lange vorbei.“

„Nein, das ist es nicht.“ Dominik druckste herum. „Aaron ist verletzlich.“

„Und du denkst, ich fahre morgen nach Hause und lasse verbrannte Erde auf der Insel zurück?“

„So in etwa.“

„Das habe ich nicht vor.“

„Gut“, meinte Dominik und grinste Jeff an. „Jetzt weiß ich zumindest auf welchen Typ Mann du stehst.“

„Aaron trifft genau ins Schwarze.“ Ein schwärmerischer Ausdruck lag auf Jeffs Gesicht. „Welchen Typ du bevorzugst, habe ich heute Vormittag auch gesehen, als er Ava gebracht hat. Was ist eigentlich los zwischen euch? Jacob hat dich so sehnsüchtig angeschmachtet und du hast ihm quasi die Tür vor der Nase zugeschlagen. Eine Tasse Kaffee hättest du ihm schon anbieten können.“

„Darüber möchte ich nicht sprechen.“

Jeff zuckte mit den Schultern. „Na gut.“

Am Spätnachmittag legten sie am Hafen von Charlottetown an und fuhren zu Pauls Eltern, die sie alle zum Grillen eingeladen hatten. Es war so warm, dass sie bis spät in die Nacht auf der Veranda sitzen und sich unterhalten konnten. Zu Dominiks Erstaunen hatte Jeff Aaron nicht einmal berührt oder ihm auch nur einen anzüglichen Blick zugeworfen. Vermutlich hatte Aaron ihn darum gebeten, ihn nicht zu outen und Jeff war darauf eingegangen.

Jeff gähnte und streckte sich. „Langsam sollten wir fahren. Ich bringe Ava und Aaron nach Hause, dann kannst du Madison, Owen, Maggie und Paul mitnehmen.“

Suchend blickte Dominik sich um. „Wo sind Ava und Owen eigentlich?“ Er stand auf und spähte in den dunklen Garten. Jeff schloss sich ihm an, als er die Stufen nach unten und in den Garten ging, um sie zu suchen. Sie fanden die beiden im Gras hinter einem dichten Busch, wo sie sich küssten und auseinanderfuhren, als Dominik und Jeff sich näherten.

„Wir wollen fahren, es ist spät“, sagte Jeff und ignorierte, dass sie die beiden in flagranti erwischt hatten.

War der Kuss ein Grund amüsiert oder verärgert zu sein? Dominik gönnte Ava den Spaß, doch sie war erst fünfzehn und Jacob hatte sie ihm anvertraut. Hätte er aufmerksamer sein und es verhindern sollen? Musste er Jacob informieren? Nachdenklich fuhr Dominik in die Einfahrt und half Madison, die auf der kurzen Fahrt eingeschlafen war, aus dem Wagen und in ihr Bett. Als er sich gerade die Zähne putzte, vibrierte sein Handy auf dem Spülstein. Er spuckte aus und nahm den Anruf entgegen.

„Ich wollte dir nur sagen, dass ich mit Jacob gesprochen habe“, ließ Jeff ihn wissen.

„Worüber?“

„Über den Kuss natürlich. Wenn so ein frühreifer Junge meine Madison küssen würde, ich würde ihm den Hals umdrehen.“

„Okay“, meinte Dominik. „Wie hat er es aufgenommen?“

„Besser als ich erwartet habe. Er hat sich für die Information bedankt und mir ein Bier angeboten. Zumindest hat er Bier im Haus. Vielleicht solltest du zu ihm ziehen.“

„Danke, dass du es ihm gesagt hast.“

„Schlafen die Kinder?“

„Madison ist schon im Auto eingeschlafen, beide liegen jetzt im Bett und Butch liegt vor der Tür, um sie zu bewachen.“

„Dann ist ja alles bestens. Ich bleibe bei Aaron und komme morgen früh.“

„Viel Spaß.“

„Gute Nacht.“

EIN GESTÄNDNIS

Jacob

Er hörte den Wagen in der Einfahrt und es war nicht Dominiks Jeep. Dominik hatte ihm eine SMS geschickt, dass es spät werden würde, weil sie bei Pauls Eltern zum Grillen eingeladen waren. Jacob schob die Rechnungen beiseite und öffnete die Tür, wo ein großer, breitschultriger Mann Ava galant die Tür öffnete. Sie hievte sich vom Rücksitz eines Kombis. „Danke, dass du mich nach Hause gebracht hast."

„Gerne, Ava. Schlaf gut."

Sie winkte und drückte sich an Jacob vorbei durch die Tür. „Ich bin sehr müde. Gute Nacht."

„Gute Nacht, Ava."

Jacob nickte dem Mann zu. „Danke fürs Bringen."

„Warte", meinte der Mann und kam auf ihn zu. „Jacob, oder?"

Er nickte.

„Ich muss mit dir sprechen."

„Worüber?"

„Mein Sohn Owen und Ava haben sich geküsst. Sonst ist nichts passiert. Da sie noch so jung ist, denke ich, dass du Bescheid wissen solltest."

Jacob riss die Augen auf und starrte den Mann an. Konnte das wahr sein? Ava hatte einen Jungen geküsst? Wie ging es ihr damit? War sie glücklich? War sie traurig? Würde der Junge ihr wehtun?

Der Mann kam noch einen Schritt näher. „Ich bin übrigens Jeff. Owen hat nichts Böses im Sinn, dafür lege ich meine Hand ins Feuer. Er ist sicher nur glücklich, ein Mädchen getroffen zu haben, das ihn versteht."

Jacob starrte Jeff weiterhin nur an. Ihm fehlten die Worte. Er freute sich für Ava und hoffte, dass ihr erster Kuss etwas Besonderes und Schönes gewesen war. Doch mit so etwas hatte er nicht gerechnet und er hatte keine Ahnung, wie er damit umgehen sollte. Schließlich räusperte er sich. „Magst du ein Bier?", fragte er.

„Verlockendes Angebot, aber ich muss Aaron noch nach Hause fahren." Jeff zeigte auf seinen Wagen. Auf dem Beifahrersitz saß ein Mann mit einer Baseballkappe.

„Okay. Dann nochmal Danke."

In dieser Nacht tat Jacob kein Auge zu und fuhr am nächsten Morgen völlig übermüdet in die Werkstatt. Ava hatte Sommerferien und schlief noch, als er aufbrach.

„Aua, Scheiße", murmelte Jacob und rieb sich den Kopf.

„Was ist los mit dir?", fragte Tomah. „Du gähnst ständig und arbeitest, als hättest du noch nie zuvor einen Schraubenschlüssel in der Hand gehabt."

„Tut mir leid. Ich habe schlecht geschlafen und bin hundemüde."

„Dann lege dich doch für ein Stündchen aufs Sofa. Wenn du dich umbringst, hilft uns das auch nicht weiter."

Dankbar schlurfte Jacob ins Büro und ließ sich mit einem Stoßseufzer aufs Sofa fallen. Tatsächlich schlief er sofort ein und wachte erst auf, als Helen ihn anrief, um zu fragen, ob er zum Abendessen kommen wolle.

Beim Essen war Ava auffallend still und Jacobs Unruhe wuchs. War der Kuss nicht gut gewesen? War es ihr im Nachhinein unangenehm? Sollte er mit ihr darüber reden?

Ava hüstelte. „Dominik sagt immer, man soll sich nicht scheuen, die Wahrheit zu sagen.“ Sie blickte Helen an. „Ich habe dir doch von Owen erzählt. Gestern Abend haben wir uns geküsst, zum Abschied, weil er heute wieder nach Hause gefahren ist.“

„Bist du traurig?“, fragte Helen mitfühlend.

„Ja und Nein. Natürlich bin ich traurig, weil er weg ist, aber er hat mir von unterwegs schon mehrere Nachrichten geschickt. Wir wollen in Kontakt bleiben.“

„Das ist schön. Danke, dass du es gesagt hast. Und mit allem anderen wartest du bitte noch ein paar Jahre“, sagte Jacob.

Ava wurde rot. „Es war doch nur ein Kuss.“

„Hat er sich gut angefühlt?“ Helen beugte sich vor und zwinkerte Ava verschwörerisch zu.

„Oma!“ Ava schlug die Hände vors Gesicht, lugte aber nach ein paar Sekunden zwischen ihren Fingern hervor. „Es war der Hammer!“

Helen kicherte, stand auf und räumte ab. „Spielen wir noch eine Runde Karten?“

Jacob war froh, dass sie das Gespräch auf diese Weise beendet hatte. Er war definitiv noch nicht bereit dazu, ein Aufklärungsgespräch mit seiner kleinen Schwester zu führen.

„Habt ihr gestern Fische gefangen?“, fragte Helen, nachdem sie die Karten ausgeteilt hatte.

„Owen und ich haben nur zwei Makrelen gefangen. Sein Vater Jeff hat die meisten Fische hochgezogen.“ Ava seufzte. „Das war das beste Wochenende, das ich je hatte.“

„Wer war denn noch mit auf dem Schiff?“ Jacob spielte aus.

Ava erzählte von dem Ausflug und gewann das erste Spiel. Sie sammelte die Karten ein und mischte sie. „Jeff ist übrigens schwul.“

Das Bierglas rutschte Jacob aus der Hand und krachte auf den Tisch. „Scheiße, tut mir leid.“ Er stand auf, um einen Lappen zu holen.

„Wie kann das sein?“, bohrte Helen nach. „Er hat doch zwei Kinder.“

Ava zuckte mit den Schultern. „Keine Ahnung. Madison hat nur erzählt, dass ihre Eltern seit ein paar Jahren geschieden sind.“ Sie blickte Jacob an. „Dominik ist doch auch schwul, oder? Das hat er auf der Fahrt nach Boston erzählt. Vielleicht sind Jeff und er ein Paar.“

Um ein Haar hätte Jacob sein Bierglas erneut umgeschmissen. Ein scharfer Schmerz bohrte sich zwischen seine Rippen und seine Kehle wurde eng. Mit Mühe und Not schaffte er es noch, das Spiel zu beenden, bevor er sich erhob, um in sein Zimmer zu gehen, wo er sich aufs Bett warf und an die Decke starrte. Was hatte er erwartet? Nur weil sein Leben seit der Nacht mit Dominik auf dem Kopf stand, er jede Nacht von ihm träumte und sich keinen anderen Mann mehr vorstellen konnte, stand Dominiks Leben nicht still. Jeff war attraktiv, groß, breitschultrig und hatte einen offenen Blick. Warum also sollte Dominik nicht mit ihm zusammen sein? Er sollte endlich damit aufhören, ständig an ihn zu denken. Hatte er den Brief gelesen, den Jacob ihm vor ein paar Wochen geschickt hatte? Erwähnt hatte er ihn nicht. Warum sollte er auch? Dass er noch immer sauer auf ihn war, hatte Jacob deutlich gespürt, als er Ava am Wochenende zu ihm gebracht hatte. Er hätte die Situation nicht ausnutzen dürfen, als Dominik hilflos im Bett gelegen hatte. Doch Jacob konnte es nicht bereuen, dass er mit ihm geschlafen hatte. Die Erinnerung daran hütete er wie einen Schatz und auch in dieser Nacht half ihm der Gedanke daran, wie es sich angefühlt hatte, mit Dominik zu verschmelzen, über seine Einsamkeit hinweg. Er liebte ihn und würde ihm nochmals schreiben. Zumindest auf diesem Weg konnte er ihm seine Reue, seine Dankbarkeit und seine Gefühle offenbaren.

ALTE FREUNDE

Dominik

Dominik schlug die Beine übereinander und trank einen Schluck aus dem Pappbecher. Der Kaffee war ausgezeichnet und der Blick über den Hafen von Halifax eine Augenweide. Er wirkte beschaulich, nur wenige größere Schiffe lagen vor Anker und täuschten darüber hinweg, dass es sich um einen der größten Häfen Nordamerikas handelte, dessen natürliches Hafenbecken ganzjährig eisfrei blieb und damit sowohl im ersten als auch im zweiten Weltkrieg ein Dreh- und Angelpunkt militärischer Logistik gewesen war. Halifax war einen Besuch wert und die raue Natur Nova Scotias stand in einem interessanten Kontrast zu der lieblichen Landschaft, die man auf Prince Edward Island fand. Dominik beschloss, mit seinem ehemaligen Kollegen Jerko und dessen Lebensgefährten Samuel, die am Wochenende zu Besuch kommen würden, auch hierher zu fahren. Es waren nur vier Stunden Fahrt und sie konnten ein oder zwei Übernachtungen in der Nachtbarprovinz einplanen. Dominik hatte sich ein paar Tage frei genommen und freute sich auf die Abwechslung.

Er hatte Maggie und Paul zur Kinderwunschklinik gefahren, war die etwa dreihundert Meter zum Hafenviertel spaziert und hatte sich unterwegs einen Kaffee mitgenommen. Es war bereits der dritte Termin, den die beiden in der Klinik hatten und an diesem Tag sollte abgeklärt werden, ob Maggies Eileiter durchgängig waren, und das weitere Vorgehen würde besprochen werden. Er hatte sicher noch zwei Stunden Zeit, bevor er sie wieder abholen musste.

Er stellte den Becher neben sich auf die Parkbank und zog den Brief von Jacob aus der Tasche, den er am Vorabend im Briefkasten gefunden und noch nicht geöffnet hatte. Dominik hatte auf eine ruhige Minute gewartet, um ihn zu öffnen. Einen Moment lang hatte er sogar erwogen, ihn ungelesen wegzuwerfen, doch dazu war er zu neugierig. Er schlitzte ihn mit dem Zeigefinger auf und registrierte, dass sein Herzschlag sich beschleunigte, als er die saubere, steile Schrift betrachtete. Jacob berichtete von Ava, die Dominik seit Jeffs Besuch nicht mehr gesehen hatte. Das war etwa vier Wochen her und Dominik würde sie in ein paar Tagen in der Sprechstunde sehen. Er war gespannt darauf, wie es ihr ging. Jacob berichtete, dass Ava sich einmal in der Woche mit einer Ernährungsberaterin traf und bereits zehn Kilo abgenommen hatte. Auch ihre Schulnoten seien besser, schrieb er und bedankte sich erneut dafür, dass Dominik die Operation ermöglicht habe. Dominik freute sich darüber, dass Avas Operation ein Erfolg gewesen und sie auf dem Weg der Besserung war. Wie der erste endete auch dieser Brief mit dem Satz:

Ich stehe auf ewig in deiner Schuld und schäme mich für mein Verhalten. In Liebe, Jacob.

Dominiks Herz krampfte sich zusammen, als er die Worte las. Warum schrieb Jacob so etwas? Er war nicht der Typ für blumige Floskeln und Dominik konnte sich nicht vorstellen, dass Jacob mit dem Wort „Liebe“ verschwenderisch umging. Hatte er sich wirklich in ihn verliebt, so wie sich auch Dominik verliebt hatte? Aber warum hatte er sich dann so verhalten? Warum hatte er ihn angelogen und ihn benutzt? Und warum hatte er noch nicht einmal den Versuch unternommen, über ihre gemeinsame Nacht zu sprechen? Zu einem gewissen Grad verstand Dominik, dass Jacob Ava zuliebe alles aufs Spiel gesetzt und womöglich sogar seinen Körper verkauft hatte. Dominik hatte keine Geschwister, doch zu seinen Eltern hatte er ein inniges Verhältnis und Maggie war wie eine kleine Schwester für ihn. Sicherlich hatte Jacob eine besonders enge Beziehung zu Ava und fühlte sich für sie verantwortlich, wo ihre Eltern doch so früh verstorben waren. Hatte Jacob ihm in der Nacht etwas vorgespielt? Dominik konnte es sich nicht vorstellen, es hatte sich echt angefühlt. Doch der Zweifel nagte so sehr an ihm, dass er nicht in der Lage war, auf den Brief zu antworten oder Jacob anzurufen.

Zwei Stunden später saßen sie in einem der Restaurants am Hafen und warteten auf das Essen. Maggie kämpfte mit den Tränen und auch Paul wirkte niedergeschlagen.

Dominik legte den Arm um Maggie, worauf sie schluchzend gegen seine Brust sank. „Was hat die Ärztin gesagt?“, fragte er, nachdem sie sich etwas beruhigt hatte.

„Pauls Spermien sind in Ordnung, aber meine Eileiter sind nicht durchgängig, die Ärztin vermutet, dass es Endometriose sein könnte, weil ich während der Periode auch immer so starke Schmerzen habe.“

„Und was kann man tun?“

Maggie schniefte und Paul übernahm das Wort. „Um sicher zu gehen, könnte sie bei Maggie eine Bauchspiegelung machen. Aber reparieren kann man die Eileiter nicht wieder. Sie kann nur mit einer künstlichen Befruchtung schwanger werden.“

„Wollt ihr diesen Schritt gehen?“

„Ein Versuch kostet etwa 6000 Dollar und die Krankenkasse übernimmt nichts davon.“

„Puh, das ist eine Hausnummer.“

„Wenn man ja wüsste, dass es klappt“, meinte Maggie, „aber es kann sein, dass wir das Geld komplett zum Fenster herauswerfen.“

„Und du kannst nur auf diesem Weg schwanger werden?“

Maggie nickte.

„Ich mache mir Sorgen um Maggie.“ Paul legte die Stirn in Furchen. „Die Hormonbehandlungen und die Punktion, um die Eizellen zu gewinnen, das ist alles so risikoreich.“

„Denkt ein paar Tage darüber nach“, schlug Dominik vor. „Und wenn ihr Geld braucht, ich beteilige mich gerne an den Kosten.“

Paul schüttelte den Kopf. „Wir können doch kein Geld von dir annehmen, um ein Baby zu bekommen.“

„Warum denn nicht? Wenn ihr ein Kind bekommt, kann ich vielleicht der Patenonkel werden. Das wäre schön.“

Maggie umarmte ihn. „Du bist süß, aber das will ich wirklich nicht.“

„Meine Eltern würden sicher helfen, aber ich möchte ihnen eigentlich nichts davon erzählen.“ Paul rieb sich die Schläfen. „Einen Versuch könnten wir finanzieren, aber dann wird es eng.“

Das Essen wurde gebracht und Maggie trocknete ihre Tränen. „Lasst uns etwas essen und darüber schlafen. Heute können wir ohnehin keine Entscheidung treffen."

„Ava, du siehst gut aus!" Die junge Frau, die vor ihm stand, war kaum wiederzuerkennen. In ihren Augen lag nicht mehr der teilnahmslose Ausdruck und sie hatte deutlich abgenommen. Das Gesicht hatte Konturen und sie wirkte nicht mehr lethargisch, sondern strahlte Lebenslust und Energie aus.

Sie umarmte ihn. „Dominik, wie schön dich zu sehen! Mir geht es sehr gut, wie du siehst habe ich weiter abgenommen und ich habe viel mehr Energie als früher. Ich mache regelmäßig Sport und wie du es vorhergesagt hast, sind die lästigen Härchen weg."

„Du glaubst gar nicht, wie sehr es mich freut zu sehen, wie gut es dir geht. Du strahlst richtig."

„Das hat noch andere Gründe." Röte breitete sich auf Avas Wangen aus. „Owen und ich skypen jeden Tag. Wir motivieren uns gegenseitig, unsere Diätpläne einzuhalten. Manchmal ist es sehr schwer und ich bin so froh, dass er das mit mir durchzieht. Ohne dich hätte ich Owen nicht kennengelernt. Ohne dich hätte sich mein Leben nie verändert. Ich weiß gar nicht, wie ich dir danken soll."

„Dass du glücklich bist, ist Dank genug." Dominik lächelte und beugte sich dann über die Papiere. „Deine Werte sind sehr gut, nicht nur die Cortisolwerte, sondern auch alle anderen."

Erleichtert seufzte Ava. „Darüber bin ich sehr froh. Vor dem Termin heute hatte ich ziemlich viel Angst. Ich denke immer, der Tumor kommt zurück."

„Im Moment ist alles in Ordnung und der Tumor wird hoffentlich auch nie wieder wachsen. Um sicher zu gehen, kontrollieren wir regelmäßig alle Werte.“

„Das beruhigt mich.“ Ava richtete ihre schönen Augen auf ihn. Früher war ihm nicht aufgefallen, wie intensiv blau sie waren. „Auch nochmal vielen Dank dafür, dass du Professor Zjang gebeten hast, mich umsonst zu operieren. Ohne dich hätte Jacob unser Haus und vielleicht auch die Werkstatt aufgeben müssen.“

„Sehr gerne.“

„Die Versicherung hat sogar noch einen Teil der Summe übernommen, die wir selbst bezahlen mussten. Jacob hat einen Antrag gestellt, der genehmigt wurde. Das war eine große Erleichterung und Jacob rechnet seither nicht mehr jeden Abend, ob wir über die Runden kommen.“

Dominik zögerte. Sollte er Ava nach ihrem Bruder fragen? „Wie geht es ihm?“

Ava sah auf. Ihr Blick war sehr intensiv. Wie viel wusste sie? Hatte Jacob ihr von ihnen erzählt? „Nicht so besonders, um ehrlich zu sein.“ Weitere Erklärungen gab sie Dominik nicht und er fragte nicht nach. Wenn es mit ihm zusammenhing, dass Jacob litt, wollte er es nicht wissen. Ja, vielleicht war er zu hart, aber er hatte so lange gebraucht, um sich nach Lias wieder zu fangen, dass er in dieser Situation zuerst an sich denken musste.

Aufgeregt stand Dominik vor der Schiebetür, durch die ein hoch beladener Gepäckwagen nach dem anderen geschoben wurde. Auf den Besuch aus Berlin freute er sich sehr und überlegte schon seit Wochen, was er mit Jerko und Samuel alles unternehmen konnte. Er kannte Jerko seit er als Assistent am Klinikum begonnen hatte.

Er hatte nie einen Hehl aus seiner Homosexualität gemacht und war dadurch relativ schnell zusammen mit Lias in das Grüppchen um Jaron, Jerko, Gregor und Adrian aufgenommen worden. Lias und er hatten sich in ihrem Kreis wohl gefühlt und Lias hatte sich mit Jerko und seinem Bruder Damian besonders gut verstanden, da Jerko Kunstliebhaber war und sich für Lias Beruf als Bühnenbildner interessierte. Nachdem Lias seinen Bachelor für Bühnenbild an der Berliner Hochschule für Bildende Künste abgeschlossen hatte, arbeitete er freiberuflich für verschiedene Theater und gelegentlich auch im Studio Babelsberg. Jerko und Damian hatten Lias und ihn häufig auf Premieren begleitet, bei denen Lias am Bühnenbild mitgearbeitet hatte. Die Freundschaft zwischen Jerko, Damian und Lias bestand auch noch, nachdem Lias sich von ihm getrennt hatte. Dadurch hatte Dominik sich in der Gruppe nicht mehr willkommen gefühlt, was ihn noch tiefer in seine Depression gestürzt hatte. Jerko, der sich zu dieser Zeit auch gerade von seinem langjährigen Partner Ralf getrennt hatte, hatte sich bemüht, ihn aus seinem Loch zu ziehen. Er war sehr verständnisvoll gewesen, hatte Dominik dabei unterstützt, professionelle Hilfe anzunehmen und auch all die Jahre den Kontakt zu ihm gehalten. Jerkos neuen Partner Samuel kannte Dominik noch nicht und war gespannt darauf, mit wem Jerko sein Glück gefunden hatte.

Endlich trat ein großer, breitschultriger Mann durch die Schiebetür und winkte Dominik zu. Auch Samuel begrüßte ihn mit einem offenen Lächeln. Mit seinen wirren Locken, der deutlich zarteren Gestalt und der schwarzgerahmten Brille wirkte er fast schon jungenhaft. Jerko richtete den Koffer, den er hinter sich herzog, auf und drückte Dominik an sich. „Wie schön, dich endlich mal wiederzusehen."

„Ich freue mich so, dass ihr mich besucht."

Samuel drückte ihm ein Küsschen rechts und links auf die Wange. Dominik mochte ihn sofort. Sein offener Blick versprach Toleranz und verbreitete gute Laune. Dominik half den beiden mit dem Gepäck zu seinem Auto. Vom Flughafen aus dauerte es nur fünfundzwanzig Minuten bis zu seinem Haus.

„Kaffee?", fragte Dominik, nachdem die beiden ihr Gepäck im Gästezimmer verstaut und sich frisch gemacht hatten.

„Unbedingt." Jerko trat auf die Terrasse. „Es ist wunderschön hier."

„Danke. Ich fühle mich auch sehr wohl. Wollen wir draußen sitzen? Es ist ein bisschen kühl, aber mit einer Jacke geht es." Mit Spannung hatte Dominik in den vergangenen Tagen die Wettervorhersage verfolgt und gehofft, seinen Besuchern die Insel bei Sonnenschein präsentieren zu können. Bislang spielte der Wettergott mit, für die kommenden Tage waren leichte Bewölkung und Sonnenschein vorhergesagt. Allerdings merkte man, dass es bereits Mitte September war, die Temperaturen stiegen kaum über zehn Grad.

„Ich würde gerne draußen sitzen." Jerko wandte sich an Samuel, der hinter ihm auf die Terrasse getreten war. „Ist es dir zu frisch?"

Samuel schüttelte den Kopf. „Auf der Terrasse ist es viel schöner."

„Wie war der Kongress?" Damian stellte Tassen vor Jerko und Samuel und öffnete die Dose mit Keksen, die Maggie am Vorabend extra noch gebacken hatte.

„Interessant. Es gibt rasante Entwicklungen im Bereich der roboterunterstützten Chirurgie. Dadurch eröffnen sich neue Möglichkeiten für die Versorgung von Patienten."

Dominik schob Samuel die Keksdose zu. „Was hast du in der Zwischenzeit gemacht? Hast du dir Toronto angesehen?"

„Ja, ich habe es genossen, ein bisschen Zeit für mich zu haben und mir die Stadt anzusehen."

„Wie geht es Damian?", fragte Dominik. Jerko hatte ihm von dem schweren Unfall, den Damian erlitten hatte, berichtet. Es kostete Dominik ein wenig Überwindung, nach Damian zu fragen, denn im Rahmen der großen Abrechnung, mit der Lias ihm das Herz gebrochen hatte, hatte er ihm auch gestanden, Sex mit Damian gehabt zu haben. Doch eigentlich konnte er Damian keinen Vorwurf daraus machen, Lias hatte ihn betrogen und nicht Damian.

„Er ist verlobt und wird im kommenden Frühjahr heiraten."

„Was? Ausgerechnet Damian! Von ihm hätte ich am wenigsten erwartet, dass er sich auf jemanden festlegt." Diese Nachricht überraschte Dominik. Damian war ein fester Bestandteil ihrer Klicke gewesen und Dominik hatte immer ein wenig argwöhnisch beobachtete, wie er mit seinem guten Aussehen und seinem Charme reihenweise Männerherzen erobert und gebrochen hatte.

Samuel grinste. „Igor hat ihn gezähmt."

Dominik riss die Augen auf. „Igor, der Besitzer des *Dusters*? Mr. Unheimlich und Unnahbar?"

Jerko nickte. „Ich konnte das auch kaum glauben, aber Igor hat sich nach Damians Unfall sehr um ihn gekümmert und mittlerweile bin ich froh, dass Igor Damian endlich zur Ruhe gebracht hat."

Dominik schüttelte fassungslos den Kopf. Igor war so ziemlich der Letzte, den er sich als Damians Ehemann vorstellen konnte.

„Damian lebt allerdings in der Bretagne“, erzählte Samuel. „Zusammen mit Igors Schwester betreibt er dort ein süßes, kleines Café am Meer. Wir haben ihn im Sommer dort besucht.“

„Gregor und Adrian waren übrigens auch mit“, warf Jerko ein.

„Was? Gregor hat mir doch geschrieben, dass Adrian und er sich getrennt haben. Sind sie wieder zusammen?“ Dominik kam aus dem Staunen nicht mehr heraus. Aber es war eben schon drei Jahre her, dass er aus Berlin weggezogen war und er hatte viel verpasst.

„Nein, Gregor hat einen anderen Partner, der auch mit war.“

„Hört sich kompliziert an.“

„Es ist auch eine lange Geschichte.“ Samuel grinste.

„Und Igor lebt nach wie vor in Berlin?“

Samuel nickte.

Nachdenklich rührte Dominik seinen Kaffee um. Damian und Igor! Was für eine seltsame Verbindung. Auch Jerko und Samuel waren ein ungleiches Paar. Wie auch früher schon, wirkte Jerko immer sehr ernst und auch etwas bedrückt, so als ob die Sorgen der ganzen Welt auf ihm lasten würden. Samuel hingegen wirkte unbekümmert und fröhlich.

„Ist Maggie bei der Arbeit?“, fragte Jerko, der sie aus dem Krankenhaus kannte, wo sie als Physiotherapeutin gearbeitet hatte. Wenn sie sich in Clubs oder Kneipen getroffen hatten, war Maggie auch immer mal wieder mit von der Partie gewesen.

„Ja, sie ist in der Praxis und ihr Mann Paul arbeitet im Betrieb seiner Familie, die landwirtschaftliche Geräte herstellen. Paul freut sich schon, euch nachher zu bewirten. Er grillt leidenschaftlich gern.“

„Lecker, ich habe schon jahrelang nicht mehr gegrillt." Jerko kraulte Butch, der es sich auf seinen Füßen bequem gemacht hatte.

Wenig später standen Jerko und Paul einträchtig am Grill und wendeten Steaks. Samuel und Dominik halfen Maggie in der Küche und deckten den Tisch. Da es abends doch schon zu kalt wurde, aßen sie im Esszimmer. Schmunzelnd beobachtete Dominik, wie Jerko das zarteste Stück Fleisch fürsorglich auf Samuels Teller legte, ihm Wasser einschenkte, sobald er ausgetrunken hatte und ihm im Vorbeigehen über den Rücken strich. Seinen vorherigen Partner Ralf hatte Jerko nicht so umsorgt. Auch Samuel war anzumerken, wie sehr er Jerko vergötterte. Wehmütig dachte Dominik an Lias. Genau wie Samuel die Fürsorge genoss, die Jerko ihm schenkte, hätte auch Lias sich in diesen kleinen Gesten gesonnt. Doch Dominik hatte ihm viel zu wenig Aufmerksamkeit geschenkt. Nun war es zu spät. Ob er wohl jemals wieder einen Mann an seiner Seite haben würde, der ihm so liebevolle Blicke zuwarf, wie Samuel Jerko?

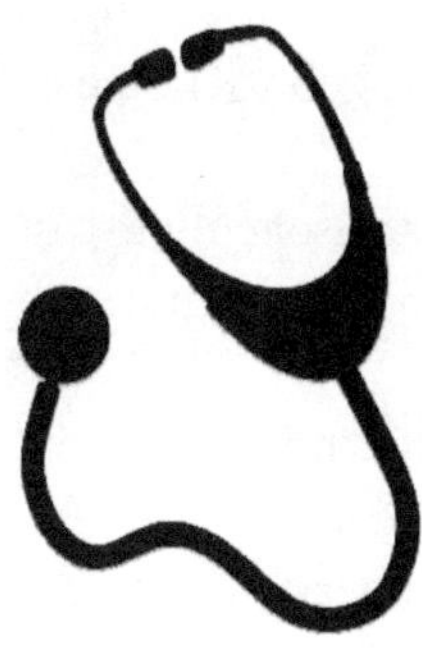

BEGEGNUNGEN

Dominik

„Habt ihr Lust, heute Abend in einem Pub zu essen?" Dominik lenkte den Wagen am Spukhaus vorbei, einer Touristenattraktion, in dessen Zentrum eine alte Villa stand, die, der Legende nach, ein wohlhabender Engländer im 19. Jahrhundert hatte erbauen lassen, um seine Freunde dorthin einzuladen. Einige von ihnen wurden wohl nie wiedergesehen. Vor allem Familien mit Kindern hatten Spaß in der Geistervilla. Dominik hatte vorgehabt, mit Jeff und seinen Kindern dorthin zu gehen, doch die Zeit hatte nicht gereicht. Vielleicht beim nächsten Mal, denn so wie es aussah, würde Jeff die Insel in Zukunft häufiger mit seiner Anwesenheit beehren. Vor ein paar Stunden hatte er ihm eine Nachricht geschickt, dass er gerade bei Aaron sei und gefragt, ob er Lust habe, sich mit ihnen in der Kensington Station zu treffen.

„Klar", murmelte Samuel und gähnte.

Grinsend suchte Dominik seinen Blick im Rückspiegel. „Ich glaube, dich bringen wir lieber ins Bett." Er hatte Jerko und Samuel den ganzen Tag auf der Insel herumgeführt und wenn er seiner Fitnessuhr

Glauben schenken durfte, waren sie fast zehn Kilometer gelaufen.

„Ach was, das ist nur ein kleines Zwischentief. Mit einem warmen Essen und einem kühlen Bier komme ich wieder in die Gänge."

Jerko legte den Arm um ihn. „Schatz, mit Essen und Bier im Bauch schläfst du augenblicklich ein."

„Ich habe ja meinen großen, starken Mann dabei, der mich dann ins Bettchen trägt."

„Wenn der Weg bis zu dem Bettchen nicht so weit ist, mache ich das gerne."

Im Island Rock Pub winkte Jeff ihnen zu, der bereits an einem Tisch saß, ein Bier vor sich und den Arm um Aaron gelegt. Dominik schnappt nach Luft. Was im Pub geschah, blieb sicher nicht im Pub. „Hey, Dominik, schön, dich zu sehen." Er stand auf und begrüßte auch Jerko und Samuel. „Setzt euch, die erste Runde geht auf mich."

Vor lauter Neugier hielt Dominik es kaum aus, mit seiner Frage zu warten, bis sie bestellt hatten. „Seit wann bist du out, Aaron?"

Sein Gesicht lief rot an. „Seit gestern. Jeff hat mich zwangsgeoutet."

„Das stimmt doch gar nicht. Wir haben vorher ausführlich darüber gesprochen."

„Du meinst, dass du am Telefon so lange auf mich eingeredet hast, bis ich klein beigegeben habe."

Jeff tätschelte Aarons Oberarm. „Manche Menschen muss man eben zu ihrem Glück zwingen."

„Und?", fragte Samuel, der Aaron gegenübersaß. „Wie geht es dir damit?"

„Nimm dich in acht", warf Jerko ein. „Samuel ist Psychiater und wenn du nicht aufpasst, bekommst du eine Therapiesitzung, ob du sie willst oder nicht."

„Da ich ohnehin nichts mehr zu entscheiden habe, ist das auch schon egal“, murmelte Aaron.

Augenblicklich wurde Jeffs Miene ernst und er nahm den Arm von Aarons Schulter. „Liebling, habe ich dich damit überfahren? Das wollte ich nicht. Ich dachte nur, wir bringen es so schnell wie möglich hinter uns, damit es dich nicht mehr belastet. Ich selbst habe jahrelang gelitten, weil ich mich nicht getraut habe, mich zu outen. Das wollte ich dir ersparen.“

„Ja, das weiß ich auch. Aber momentan fühle ich mich noch ziemlich unwohl in meiner neuen Haut.“

„Wissen es deine Eltern schon?“, fragte Dominik. Für Aaron war die Vorstellung, es seinen Eltern sagen zu müssen, am schlimmsten gewesen. Er hatte befürchtet, sie damit zu enttäuschen und unglücklich zu machen.

„Jeff und ich waren gestern bei meinen Eltern zum Abendessen und Jeff hat sich ihnen gleich als mein Partner vorgestellt.“

„Wie haben sie reagiert?“ Innerlich musste Dominik grinsen. Er konnte es sich lebhaft ausmalen, wie Jeff schwungvoll mit der Tür ins Haus gefallen war und alle unter sich begraben hatte.

„Zuerst war meine Mutter ziemlich geschockt, allerdings vor allem von der Tatsache, dass ich ihnen meine Homosexualität so lange verschwiegen habe. Sie wollte wissen, wie lange ich schon schwul bin und als ich erzählte, dass ich es in der Pubertät gemerkt habe, fing sie an zu weinen.“ Aarons Hände zitterten, als er einen Schluck Bier trank. Jeff legte ihm die Hand auf den Rücken und streichelte ihn beruhigend. „Jeff hat meinen Eltern lang und breit seine eigene Geschichte erzählt, ihnen Bilder von seinen Kindern gezeigt und ihnen versichert, dass es kein Mangel an Liebe oder Vertrauen war, dass ich es ihnen nicht erzählt habe, sondern nur die Sorge, ihnen damit Kummer zu bereiten."

„Deine Eltern haben es sehr gut aufgenommen."

Aaron schaffte ein schwaches Grinsen. „Es hat sie beeindruckt, dass du Professor für Neurologie bist. Wäre ich ihre Tochter, hätten sie sich vor Freude über die gute Partie nicht wieder eingekriegt."

„Wenn du ihre Tochter wärst, hättest du bei mir keine Chance gehabt, mein Süßer." Jeff beugte sich vor und küsste ihn.

„Hi, Aaron." Eine Frauenstimme ließ Dominik herumfahren. Zwei stark geschminkte Frauen in Aarons Alter standen hinter ihm. Vom Sehen kannte er sie, es waren Arbeitskolleginnen von Aaron.

„Lisa, Susann, guten Abend." Aarons Stimme zitterte.

Neugierig blickten sie auf Jeff, dessen Hand noch immer auf Aarons Rücken lag.

Aaron räusperte sich. „Das ist Jeff, mein Freund." Seine Stimme hatte an Festigkeit gewonnen.

Jeff erhob sich und reichte den Damen die Hand, die ihn neugierig und vielleicht sogar etwas neidisch betrachteten. Jeff war eben eine sehr männliche, attraktive Erscheinung. Nachdem Aaron auch die anderen am Tisch vorgestellt hatte, verabschiedeten sich die Mädels und setzten sich zu ihren Freundinnen, die an einem Tisch auf der anderen Seite des Lokals Platz genommen hatten.

„Morgen weiß es die ganze Insel", murmelte Aaron.

„Dann ist es durch. Außerdem hoffe ich, dass du nicht mehr allzu lange hier festsitzt, sondern zu mir nach Montreal ziehst."

„Vielleicht braucht Aaron ein klein wenig Zeit", warf Samuel zaghaft ein.

„Nimm dir so viel Zeit, wie du brauchst", meine Jeff und küsste Aaron erneut. Dominik musste sich auf die

Lippen beißen, um nicht laut aufzulachen. Er würde einiges darauf verwetten, dass Aaron noch vor Weihnachten nach Montreal ziehen würde. Jeff war eine Naturgewalt. Interessanterweise wirkte Aaron nicht überfordert, sondern lehnte sich entspannt gegen Jeff. Vielleicht war es genau das, was er gebraucht hatte: Jemanden, der die Zügel in die Hand nahm, ihm den Weg wies und ihn stützte.

Ihr Essen wurde gebracht und Dominik lief das Wasser im Mund zusammen. Er hatte einen Bärenhunger und der Konzentration nach zu urteilen, mit der Samuel und Jerko sich mit den Burgern beschäftigten, ging es ihnen ebenso. Der Tag an der frischen Luft und das viele Laufen hatten ihre Spuren hinterlassen.

„Das war lecker." Jerko seufzte und trank einen Schluck Bier. „Wie lange arbeitest du schon in Montreal?"

„Seit acht Jahren."

Kurze Zeit später waren Jerko, Jeff und Samuel in ein Gespräch über die Arbeit vertieft und Dominik lehnte sich entspannt zurück. Er ließ den Blick durch den Pub schweifen und stockte, als er am Tresen eine vertraute Gestalt sitzen sah. Jacob konnte noch nicht lange dort sitzen, denn vor ihm stand noch kein Getränk. Er schien ihn beobachtet zu haben und als ihre Blicke sich trafen, hob er die Hand, um ihn zu grüßen. Dominik nickte. Jacob rutschte unruhig auf dem Barhocker herum, erhob sich dann und kam auf ihn zu. Mit jedem Schritt, den er näherkam, beschleunigte sich Dominiks Herzschlag. Warum verdammt noch mal reagierte er so auf diesen Mann? Er sah aber auch klasse aus! Die gutsitzende Hose und das karierte Hemd standen ihm ausgezeichnet und betonten seine schlanke, männliche Figur. Da Jacob sonst meist lockere, sportliche Kleidung trug, war Dominik noch gar nicht aufgefallen, wie heiß er in Jeans aussah.

„Dominik.“ Jacob sah ihn an und der Nachhall seines eigenen Namens ließ Dominiks Körpertemperatur um einige Grad steigen.

„Hey, Jacob“, sagte Jeff und grinste breit. „Ich hoffe, du kommst nicht, um mir den Kopf abzureißen. Die Leitungen zwischen eurem Haus und dem Haus meiner Exfrau glühen ja täglich. Viel erfahre ich allerdings nicht und ich hoffe, dass du auch nicht über jedes pikante Detail aus meinem Leben informiert bist.“

Jacob lächelte, doch es wirkte verkniffen. „Das eine oder andere über dich habe ich schon gehört. Auch, dass du die Liebe auf der Insel gefunden hast.“ Sein Blick wanderte zu Dominik.

Jeff legte den Arm um Aaron. „Ja, das ist mein Partner Aaron.“

Jacob riss die Augen auf und starrte Aaron an.

„Setzt dich doch zu uns“, schlug Aaron vor. „Wir kennen uns aus der Werkstatt. Ich bringe meinen Wagen immer zu dir.“

„Ja, natürlich.“ Jacobs Stimme war ein heiseres Krächzen. Er ließ sich auf die Bank fallen und warf Dominik einen Blick zu, der sein Blut zum Kochen brachte. Wieso hatte Jacob geglaubt, Jeff sei mit ihm zusammen? Vielleicht, weil Jeff Ava nach Hause gebracht hatte. Während Jeff von Owen erzählte und Jacob einlud, ihn mit Ava in Montreal zu besuchen, trank Jacob sein Bier in raschen Zügen aus und verabschiedete sich dann hastig. Da Samuel sein Gähnen kaum noch unterdrücken konnte, drängte auch Jerko zum Aufbruch.

„Interessanter Abend“, murmelte Samuel und lehnte den Kopf gegen Jerkos Schulter. „Was läuft da eigentlich zwischen dir und diesem Jacob?“

„Nichts“, brummte Dominik.

Samuel lachte leise auf. „Das ist aber ein spannungsgeladenes Nichts.“

Dominik antwortete nicht und fuhr nach Hause. Doch beim Frühstück am nächsten Morgen lenkte Samuel das Gespräch auf den vorherigen Abend. Er erzählte Maggie und Paul in blumigen Worten von Jeff und Aaron.

„Da haben sich zwei gefunden.“ Maggie schüttelte lachend den Kopf.

„Ich glaube, dass sich noch zwei auf der Insel gefunden haben.“ Samuel warf Dominik einen verschmitzten Blick zu. „Allerdings steht dem Glück noch irgendetwas im Weg und ich möchte unbedingt herausfinden, was es ist.“

Maggie starrte Dominik an. „Du? Wer ist es? Rück schon raus.“

Verärgert winkte er ab. „Niemand. Samuel sieht Gespenster.“

„Das Gespenst heißt Jacob und sieht unverschämt gut aus.“ Samuel grinste breit.

Dominik mochte Samuel, aber in diesem Moment hätte er ihn gerne zur Abkühlung in den Atlantik getaucht. Er hatte doch deutlich gemacht, dass er dieses Thema nicht diskutieren wollte. Konnte Samuel das nicht respektieren?

„Jacob? Avas Bruder?“ Maggie hatte Feuer gefangen und würde ihn nun nicht mehr in Ruhe lassen.

„Jetzt erzähl schon“, drängte auch Paul. „Du kennst all unsere dunklen Geheimnisse und verschweigst uns so etwas?“

Dominik stand auf und stieg über Butch, der mitten im Zimmer lag, um noch Kaffee zu holen. „Habt ihr nichts Besseres zu tun, als mich über mein nicht vorhandenes Liebesleben auszufragen?“

„Nein, heute Morgen nicht.“ Grinsend hielt Samuel ihm die Tasse hin.

Jerko, der auffallend ruhig gewesen war, stupste Samuel an. „Lass Dominik in Ruhe, wenn er nicht darüber sprechen will.“

„Vielleicht können wir ja helfen. Manchmal klären sich Probleme, wenn man sie mit jemandem bespricht“, wandte Samuel ein. Das schien ein Standard-Psychologenspruch zu sein, sein Therapeut Olaf hatte ihn damals in Berlin auch des Öfteren verwendet.

Jerko schüttelte den Kopf. „Dominik ist niemand, der sich in Beziehungsfragen beraten lässt.“

Er fuhr herum. „Was soll denn das heißen?“

Jerko zuckte nur mit den Schultern.

„Spielst du etwa auf Lias an? Das tut hier nichts zur Sache. Ich weiß, dass ihr alle auf Lias Seite wart.“

„Ich war weder auf Lias noch auf deiner Seite, aber ich habe es kommen sehen. Außer dir haben wir es alle kommen sehen.“

Dominik sackte auf dem Stuhl zusammen. Die Anspielung auf das schmerzhafte Ende seiner Beziehung zu Lias traf ihn mit voller Breitseite. Vielleicht, weil Jerko damals dabei gewesen war und die Erinnerungen, die in seiner neuen Heimat verschwommen waren, nun wieder messerscharf vor ihm lagen.

Jerko rutschte mit dem Stuhl näher und legte den Arm um ihn. „Dominik, vielleicht hat Samuel recht. In Beziehungsfragen bist du manchmal so verbohrt, dass du nicht siehst, was sich vor deiner Nase abspielt. Gestern war nicht zu übersehen, wie sehr Jacob dich will. Und dass du ihn auch magst, liegt auf der Hand. Wo ist das Problem?“

Seufzend blickte Dominik auf. Er war umgeben von seinen Freunden. Maggie und Paul waren seine Familie und teilten ihr Leben und ihre Lebenskrisen mit ihm. Jerko war schon so lange sein Freund und hatte versucht, ihm beizustehen, als Lias gegangen war. Dominik hatte seine Hilfe zwar nie richtig annehmen können, weil er aus Jerkos Äußerungen immer gemeint hatte, herauszuhören, dass er Lias verteidigte, doch vielleicht hatte er sich das auch nur eingeredet. Der Einzige, den er noch nicht lange kannte, war Samuel, doch mal abgesehen von seiner, vermutlich beruflich bedingten, übergroßen Neugier, mochte er ihn und vertraute ihm. Stockend erzählte er von der Reise nach Boston und von Jacobs Lüge, wobei er die pikanten Details jedoch für sich behielt. Nachdem er fertig war, herrschte einen Moment lang Schweigen am Tisch.

„Ich verstehe ja, dass Jacobs Lüge dich verletzt hat", meinte Jerko schließlich. „Aber er hat es für seine Schwester getan. Für Damian würde ich auch fast alles tun." Er warf Samuel einen schwermütigen Blick zu. „Für ihn hätte ich Samuel fast aufgegeben, auch wenn es mir das Herz gebrochen hätte."

Samuel stand auf und setzte sich auf seinen Schoß. „Und ich liebe dich dafür, dass du für die Menschen, die du liebst, alles aufs Spiel setzt." Jerko zog ihn in die Arme und vergrub das Gesicht in Samuels Halsbeuge. Dominik spürte die Verbundenheit zwischen ihnen. Wie Maggie und Paul hatten auch sie schwierige Zeiten durchgemacht, die ihnen vieles abverlangt hatten. Vermutlich war es Damians Unfall gewesen, der ihre Beziehung einer Belastungsprobe unterzogen hatte. Doch sie hatten es gemeinsam durchgestanden und waren gestärkt aus der Krise hervorgegangen. Lias und er hatten es nicht geschafft. Dominik hatte noch nicht einmal bemerkt, dass ihre Beziehung in einer Krise steckte und als er es realisierte, war Lias nicht mehr bereit gewesen, zu kämpfen, sondern hatte sich schon neu orientiert.

„Hast du Jacob die Chance gegeben, dir alles zu erklären und sich zu entschuldigen?“, fragte Maggie leise.

„Er schreibt mir Briefe.“ Die steilen, ordentlichen Buchstaben tauchten vor Dominiks innerem Auge auf und die Worte, mit denen die Briefe stets endeten: „In Liebe, Jacob.“

„Und?“ Erwartungsvoll blickte sie ihn an.

„Er erzählt von den Fortschritten, die Ava macht, bedankt und entschuldigt sich.“ Der Rest war zu persönlich.

„Hast du geantwortet?“, wollte Paul wissen.

Jacob schüttelte den Kopf.

„So hast du dich damals auch verhalten.“ Jerko, der mit Samuel auf dem Schoß dicht neben ihm saß, blickte ihn durchdringend an. „Lias hat das Gespräch mit dir gesucht. Er wollte dir die Situation erklären und sich entschuldigen, doch du hast ihm keine Möglichkeit dazu gegeben.“

Dominik kaute auf seinen Lippen herum und kämpfte gegen den Drang an, aufzuspringen und das Weite zu suchen. Er wollte sich diesen Vorwürfen nicht stellen. Lias hatte ihn betrogen, sich von ihm abgewandt und Jacob hatte ihn benutzt. Er war nicht derjenige, der sich für sein Verhalten rechtfertigen musste. Lias hübsches Gesicht tauchte in seiner Erinnerung auf. In den ersten Jahren hatte er ständig gelacht und war fast immer fröhlich gewesen. Mit den Jahren war er ernster geworden, verbitterte Züge hatten sich als Falten in sein Gesicht gegraben und sein Lachen war eine Rarität geworden. Dominik hatte gedacht, dass es der normale Lauf des Lebens war, sie waren reifer geworden, ihre Träume hatten sich abgenutzt. Wobei er seinen Träumen nachgejagt war, er hatte Menschenleben gerettet, Karriere gemacht, Beiträge zum wissenschaftlichen Fortschritt geleistet. Lias Träume waren bescheidener gewesen. Er hatte von einem Häuschen im Grünen geträumt, von Kindern, von einem ausgefüllten Familienleben. Seine Wünsche waren so anspruchslos gewesen, dass Dominik sie aufgeschoben und ignoriert hatte. Mittlerweile verstand er Lias Traum vom Glück. Hier auf der Insel hätte er es finden können, doch es war zu spät. Tränen brannten in Dominiks Augen. Tief im Inneren wusste er, dass er Lias zu dem getrieben hatte, was geschehen war. Doch sein eigener Schmerz war immer zu groß gewesen, um sich das einzugestehen. Er suchte Jerkos Blick. „Wie geht es Lias?“

„Es geht ihm gut. Er hat geheiratet und ist aus Berlin weggezogen. Sein Mann und er haben zwei Kinder adoptiert und leben in einem schönen Haus in der Nähe von Frankfurt.“

„Dann hat er sein Glück gefunden.“

„Ich denke schon, aber er leidet darunter, wie es damals mit euch zu Ende gegangen ist. Du bist seine erste große Liebe gewesen und bedeutest ihm noch immer viel. Er macht sich Vorwürfe und fühlt sich schuldig, weil du dein Leben in Berlin nach eurer Trennung hingeworfen hast.“

Wollte Dominik, dass Lias litt? Dass er in seinem Leben immer diesen Stachel spürte, die Schuld, den Schmerz und die Unruhe, weil er einen Abschnitt seines Lebens nicht richtig abgeschlossen hatte? Eigentlich wünschte er sich das nicht, denn es war genau das, was ihm selbst zu schaffen machte. Vielleicht würde es ihnen beiden helfen, wenn sie in der Lage wären, sich gegenseitig zu verzeihen. „Meinst du, ich sollte Lias anrufen oder ihm schreiben?“

Jerko drückte seine Hand. „Er würde sich sehr darüber freuen."

Samuel räusperte sich. „Und wenn du die Sache mit Lias aufgearbeitet hast, dann wartet da ein schnuckeliger Automechaniker darauf, dass du ihm eine Chance gibst."

Der Mond stand tief über der Wasseroberfläche und ein sanft schimmerndes Band lief auf ihn zu, als wolle es ihm den Weg weisen. Mitternacht war lange vorbei, doch an Schlaf war nicht zu denken. Aufrecht saß Dominik im Bett und blickte aus dem Fenster über das Wasser nach Osten. Es war früher Morgen auf der anderen Seite des Atlantiks, wo Lias vielleicht gerade mit seiner Familie am Frühstückstisch saß. Dominik drehte den Becher mit Tee zwischen den Händen, den er sich zubereitet hatte, nachdem er erfolglos versucht hatte, einzuschlafen. Er spürte der Wärme an seinen Handinnenflächen nach, lauschte dem sanften Rollen der Wellen, das durch das leicht geöffnete Fenster zu ihm drang und spürte den kühlen Windhauch, der über seine nackten Unterarme strich. Früher war er nicht in der Lage gewesen, diese Empfindungen bewusst wahrzunehmen und sich daran zu erfreuen. Hätte er es je gelernt, wenn das Ende ihrer Beziehung nicht so schmerzhaft gewesen wäre? Wo wäre er jetzt, wenn sie sich nicht getrennt hätten? Wäre er glücklich? Wäre Lias glücklich? Seit Jerko und Samuel vor drei Tagen abgereist waren, trieben ihn diese Fragen um. Und auch wenn ihm die Erkenntnis nicht behagte, war es wohl so, dass er sie beide unglücklich und unzufrieden gemacht hätte, wenn Lias nicht die Reißleine gezogen hätte. Dominik blickte auf das Display seines Handys, wo er Lias neue Nummer eingespeichert hatte, nachdem Jerko sie ihm gegeben hatte. Ein paarmal schon hatte sein Finger über der Taste geschwebt, doch noch hatte er es nicht fertiggebracht, ihn zu kontaktieren. Am nächsten Tag würde er anrufen, nahm er sich fest vor.

Es war Samstagnachmittag auf der Insel und Abend in Deutschland. Dominik machte es sich auf dem Sofa gemütlich und nahm den Laptop auf den Schoß. Erneut zögerte er beim Anblick von Lias Namen auf dem Display. Was hatte er schon zu verlieren? Seufzend berührte er die Taste und lauschte dem Signalton.

„Bender, hallo." Das war eindeutig Lias Stimme, wenn es auch nicht der Nachname war, den Lias getragen hatte, als sie sich kennengelernt hatten.

„Lias!"

„Dominik, bist du das?"

„Ja." Dominik räusperte sich. „Jerko hat mir deine Nummer gegeben."

„War er bei dir? Vor einiger Zeit hat er mir erzählt, dass er vorhatte, dich gemeinsam mit Samuel zu besuchen."

„Die beiden sind vor ein paar Tagen abgereist. Hast du Zeit zu reden? Und möchtest du überhaupt mit mir sprechen?"

„Ja, sehr gerne. Ich bin gerade dabei, die Kinder ins Bett zu bringen. Kann ich gleich zurückrufen?"

„Klar."

Eine halbe Stunde später kündigte ein leises Bimmeln Lias Videoanruf an. Dominik fuhr sich durch die Haare und nahm an. Lias Gesicht war ihm gleichzeitig so vertraut und doch auch fremd, dass sich sein Brustkorb zusammenzog. Die Haare waren kürzer und er trug eine Brille mit dunklem Rahmen. Erschöpft sah er aus, aber zufrieden.

„Wieviel Uhr ist es bei dir? Man muss ein paar Stunden abziehen, oder?“

„Es ist vier Uhr am Nachmittag. Schlafen die Kinder? Jerko hat erzählt, dass ihr adoptiert habt.“

„Mia und Ben. Sie sind Geschwister. Möchtest du ein Bild sehen?“

„Gerne.“

Lias griff nach einer gerahmten Fotografie, die auf dem Schreibtisch stand, an dem er saß, und hielt das Bild vor die Kamera. Zwei dunkelhäutige Kinder lächelten ihn an, ein Mädchen, von etwa acht Jahren und ein Junge, der vielleicht vier oder fünf war. „Sie sind seit einem Jahr bei uns und seit zwei Monaten sind es auch rechtlich unsere Kinder.“

„Du hast dir immer Kinder gewünscht.“

Lias lächelte. „Ja, es ist schwieriger und anstrengender, als ich es mir vorgestellt habe, aber als Ben mich zum ersten Mal *Papa* genannt hat, habe ich vor Rührung angefangen zu heulen.“

„Ich freue mich, dass du glücklich bist.“

„Danke, es geht mir wirklich gut. Und du? War es der richtige Schritt für dich, nach Kanada zu ziehen?“

„Ja, es war gut so. Ich führe ein ruhigeres Leben als früher und wohne mit Maggie und ihrem Mann Paul in einem kleinen Haus direkt am Meer.“

„Ich weiß. Jerko hat mir die Adresse genannt, als ihr es vor einem Jahr gekauft habt und ich habe mir die Satellitenbilder angesehen.“

Überrascht schwieg Dominik. Er selbst hatte versucht, die Erinnerungen an Lias weitgehend auszublenden, doch Lias hatte sich wohl nach ihm erkundigt. Ein Mann trat hinter Lias und bückte sich, um ebenfalls in die Kamera blicken zu können. Er war einige Jahre älter als Lias, hatte dunkle, von grauen Strähnen durchzogene Haare und freundliche, braune Augen zwinkerten ihm durch Brillengläser zu. „Hallo, Dominik. Ich bin Georg. Schön, dich kennenzulernen. Gehört habe ich schon viel von dir.“

Das konnte Dominik nicht erwidern, daher nickte er ihm nur zu.

Georg wandte sich an Lias. „Ich bin völlig erledigt und gehe schon mal ins Bett.“

Lias nickte, zog ihn zu sich und küsste ihn, was Dominik einen unerwarteten Stich versetzte. Als Georg die Tür hinter sich geschlossen hatte, räusperte sich Dominik. „Ich möchte mich bei dir entschuldigen.“

Überrascht riss Lias die Augen auf. „Wofür denn? Ich war doch derjenige, der …“

„Dafür hast du dich schon entschuldigt, mehrfach. Aber bislang habe ich diese Entschuldigung nicht annehmen können und war auch nicht in der Lage dazu, dir einzugestehen, dass ich auch meinen Teil dazu beigetragen habe, dass unsere Beziehung zerbrochen ist.“

„Ich war unglücklich“, murmelte Lias leise.

„Mittlerweile weiß ich das, doch damals habe ich es nicht gesehen und habe dir nicht zugehört, als du versucht hast, es mir mitzuteilen.“

„Ich wollte dich nicht verletzen und fühle mich schuldig, weil es dir nach unserer Trennung so schlecht ging. Aber ich habe nie verstanden, warum du deine Karriere aufgegeben hast. Sie war dir doch so wichtig.“ Lias schwieg einen Moment. „Wichtiger als ich es war.“

„Das war sie nicht. Allerdings habe ich das erst verstanden, nachdem du weg warst. Ohne dich hat das alles keinen Sinn mehr gemacht.“

Lias schluchzte. „Es tut mir so leid.“

„Das muss es nicht. Der Schmerz hat mir die Augen geöffnet, für das, was im Leben wichtig ist. Für uns war es dann zu spät, aber du hast jemanden gefunden, der dich hoffentlich glücklich macht."

„Ja, Georg macht mich glücklich. Ich liebe ihn." Lias zog ein Taschentuch aus einer Box, die seitlich auf einem Regal stand und wischte sich über die Augen. „Und du? Hast du auch jemanden gefunden?"

Dominik dachte an Jacobs Umarmung und seine tröstenden Küsse, als er die Orientierung verloren hatte. „Ja, vielleicht habe ich jemanden."

Lias lächelte. „Ich wünsche dir alles Gute und bin so froh, dass du angerufen hast. Ich denke oft an dich und bislang hat mich das immer traurig gemacht. Vielleicht ändert sich das jetzt. Nur wenn ich weiß, dass es dir gutgeht, kann ich mein Glück richtig genießen."

„Danke." Auch in Dominiks Augen sammelten sich Tränen. „Wir hatten eine gute Zeit und sind zusammen zu den Menschen geworden, die wir jetzt sind."

Lias schniefte in das Taschentuch.

„Kommt mich doch mal besuchen. Im Sommer ist es auf Prince Edward Island wunderschön und für die Kinder gibt es herrliche Sandstrände."

„Das würde ich sehr gerne machen. Georg liebt den Atlantik und mag die Hitze im Sommer nicht besonders. Er hat schon davon gesprochen, dass er gerne in Kanada Urlaub machen möchte."

„Ich freue mich schon auf dich und deine Familie."

Dominik liefen die Tränen über das Gesicht, als sie sich schließlich voneinander verabschiedeten. Er legte das Tablet beiseite, rutschte tiefer in die Sofakissen und schluchzte leise. Es war, als sei ein Felsbrocken von seiner Seele gerollt. Die Bitterkeit, die seit ihrer Trennung jeden Gedanken an Lias begleitet hatte, war verschwunden und er hatte das Bild eines lächelnden Lias im Kreis seiner Familie im Kopf. Alles war gut so, wie es gelaufen war. Über Jahre hinweg hatten Lias und er sich viel gegeben, waren zusammen erwachsen geworden und hatten sich entwickelt. Lias letztes Geschenk an Dominik war der Schmerz gewesen, der ihn wachgerüttelt und aus seinem Hamsterrad geworfen hatte. Nun war es an ihm, sein Leben in die Hand zu nehmen und sein Glück zu finden. Wärme hüllte ihn ein, als er an Jacobs brennenden Blick und seine Umarmung dachte. Wie hatte er nur so verbohrt sein können, Jacob dafür zu verurteilen, dass er seiner Schwester helfen wollte? Er würde ihm einen Brief schreiben und ihn um ein Treffen bitten. Vielleicht könnten sie einen Spaziergang am Strand machen.

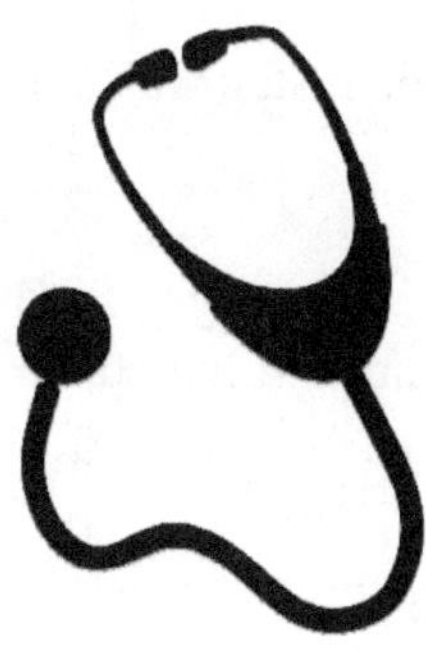

EIN KUSS

Jacob

Dominiks Jeep stand schon auf dem Parkplatz, als Jacob den Cadillac vom Häuschen des Rangers auf den asphaltierten Platz lenkte, auf dem ansonsten nur wenige Autos standen. Prince Edward Island war zu seiner beschaulichen Ruhe zurückgekehrt, nachdem die Touristen abgereist waren. Dominik lächelte und winkte ihm zu, worauf Jacobs Herzschlag sich beschleunigte. Seit er Dominiks Brief erhalten hatte, konnte er sich kaum noch auf etwas anderes konzentrieren. Dominik hatte ihm geschrieben, dass er ihm nicht böse sei und ihn gefragt, ob er sich mit ihm treffen wolle. War er bereit, ihm eine Chance zu geben? Er holte tief Luft, öffnete die Tür und stieg aus.

„Schön, dass du es geschafft hast."

„Danke für den Brief und die Einladung." Sie standen einander gegenüber und sahen sich an. Die Spannung zwischen ihnen war greifbar und in Jacobs Kopf schwirrten so viele Worte herum, die er Dominik sagen wollte, doch keines fand den Weg zu seinen Lippen.

„Gehen wir?" Dominik wies auf den Steg, der über die Dünen führte und setzte sich in Bewegung. Jacob folgte ihm. Gemächlich spazierten sie über den Steg auf den Strand.

„Wie geht es Ava?“

„Es geht ihr gut. Mit ihrem Ernährungs- und Sportprogramm nimmt sie es sehr genau und hat schon einige Kilo abgenommen. Das hätte ich nie zu hoffen gewagt.“

„Wie schön. Ich hoffe, du hast kein Problem damit, dass Ava durch mich Owen kennengelernt hat.“

„Nein, im Gegenteil. Er tut ihr gut und unterstützt sie. Seit sie mit ihm befreundet ist, tritt sie viel selbstbewusster auf. Dass sie in der Schule mit ihrem Freund aus Montreal angeben kann, ist Balsam auf ihrer Seele. Sie war so lange das dicke Mädchen, für das die anderen nur Mitleid und Verachtung übrig hatten. Einen festen Freund zu haben, macht sie plötzlich interessant für ihre Mitschüler.“

„Dann bin ich beruhigt. Ich habe befürchtet, dass du vielleicht wegen Owen verärgert sein könntest.“

„Keine Sorge, das bin ich nicht.“ Jacob zögerte. Er musste nochmal aus Dominiks Mund hören, dass er ihm verziehen hatte. „Bist du denn noch verärgert?“

„Verärgert war ich nie, nur verletzt, weil ich dachte, du hättest mich nur benutzt.“

„Ich schwöre, dass ich das nie getan habe. Angelogen habe ich dich, weil ich keine andere Möglichkeit gesehen habe, Ava einen Termin in Boston zu verschaffen. Das war dumm von mir und ich hatte keinen richtigen Plan, wie ich dich davon überzeugen sollte, mit Professor Zjang zu sprechen. Und es war sicher nicht Teil des Plans, mich in dich zu verlieben.“ So, nun war es raus. Erleichtert atmete Jacob aus.

„Du hast dich in mich verliebt?“

Jacob starrte auf den roten Sand vor seinen Füßen. „Ja und die Nacht mit dir werde ich nie vergessen.“

Dominik antwortete nicht und ging weiter. Jacob schluckte hart. Würde Dominik nichts dazu sagen? Dann hatte er wohl keine Gefühle für ihn und Jacob hatte sich gerade lächerlich gemacht. Er atmete tief durch. Der Schmerz brannte zwar, doch er bereute nicht, Dominik seine Liebe offenbart zu haben. Das war er ihm schuldig und Dominik würde mit diesem Geständnis sorgsam umgehen. Da war Jacob sich sicher.

„Wollen wir uns hinsetzen? Für ein richtiges Picknick ist es zwar schon zu kalt, aber ich habe eine Thermoskanne mit Kaffee und Kekse dabei.“

Jacob nickte und sah zu, wie Dominik eine Picknickdecke aus dem Rucksack zog und sie ausbreitete. Sie setzten sich und Dominik schraubte die Thermoskanne auf. „Bitte.“ Er reichte ihm einen dampfenden Becher und hielt ihm eine Box mit Schokoladenkeksen hin.

„Danke.“ Jacob beobachtete einen Strandläufer, der an der Wasserlinie entlangtrippelte. Er war schon ewig nicht mehr am Strand gewesen, obwohl er nie mehr als ein paar Kilometer vom Meer entfernt war.

„An der Schönheit dieser Insel werde ich mich wohl nie sattsehen“, meinte Dominik und seufzte.

Verstohlen warf Jacob ihm einen Blick zu. Er würde sich nie an der Schönheit dieses Mannes sattsehen. Er begehrte ihn so sehr. Jede Nacht geisterte er durch seine Träume und so dicht neben ihm zu sitzen, war zugleich wundervoll und eine Folter. Nachdem Dominik seinen Becher geleert und einen Schokoladenkeks geknabbert hatte, ließ er sich auf die Decke sinken und schloss die Augen. Jacob konnte nicht anders und starrte ihn an. Seine helle Haut bildete einen reizvollen Kontrast zu den dunklen Haaren und seine schmalen, schön geschwungenen Lippen waren so einladend. Jacob krallte seine Finger in den feinen Sand, um sich nicht über ihn zu beugen und ihn zu küssen.

Unvermittelt schlug Dominik die Augen auf. Er musste seinen bohrenden Blick auf sich gespürt haben. „Leg dich doch zu mir."

Jacobs Atem ging so hektisch, als habe er einen Dauerlauf hinter sich, während er sich neben Dominik auf die Decke legte. Dominik rollte sich auf die Seite, wodurch sie nur noch wenige Zentimeter voneinander entfernt waren. „Vielleicht habe ich mich auch in dich verliebt, aber ich bin mir nicht sicher. Schließlich haben wir uns noch nicht einmal geküsst." Er rutschte noch ein wenig näher an Jacob heran. Jacob konnte seinen Atem spüren und sog den herben, frischen Duft seiner Haut ein. Genau wie in jener Nacht! Jacob war nicht mehr in der Lage, klar zu denken, und seine berührten Dominiks Lippen, ohne dass er wusste, wie sie dorthin gekommen waren. Zart und weich verharrten sie einen Moment lang auf seinem Mund, bevor Dominik die Lippen leicht öffnete und seine Zunge Jacob kitzelte. Er ließ ihn ein und schmeckte Kaffee, Schokolade und Dominik! Leise stöhnend schlang Jacob seine Arme um Dominik, um ihn noch näher an sich zu ziehen. Er brauchte mehr davon, viel mehr! Er griff in Dominiks Haare, öffnete den Mund und umspielte seine Zunge. Es war so viel besser als all die Küsse, von denen er geträumt hatte. So lebendig, so warm, so aufregend. Dominik rollte sich halb auf ihn und Jacob spürte seine Erektion an der Hüfte. Heiße Wellen rollten durch seinen Körper und ihre Zungen verstrickten sich in einen wilden Kampf, bis sie atemlos voneinander abließen.

Dominik stützte sich auf seinem Brustkorb ab und grinste ihn an. „Das war ziemlich überzeugend.“

Jacob zog ihn wieder zu sich und stieß ihm die Zunge in den Mund. Nie wieder wollte er aufhören, Dominik zu küssen! Es fühlte sich so gut an und so richtig. Niemals hatte er so sicher gewusst, was er sich wünschte. Er wollte bei Dominik sein, jede seiner Regungen studieren, sein Leben mit ihm teilen und einer gemeinsamen Zukunft entgegengehen. Schließlich löste Dominik sich von ihm und legte die Fingerspitzen an Jacobs Wange. Er schmiegte sich in die Berührung und schloss die Augen. Als er sie wieder öffnete, erkannte er in Dominiks Blick die Sehnsucht, die auch ihn erfüllte. Was war er nur für ein Glückspilz, dass seine Gefühle erwidert wurden!

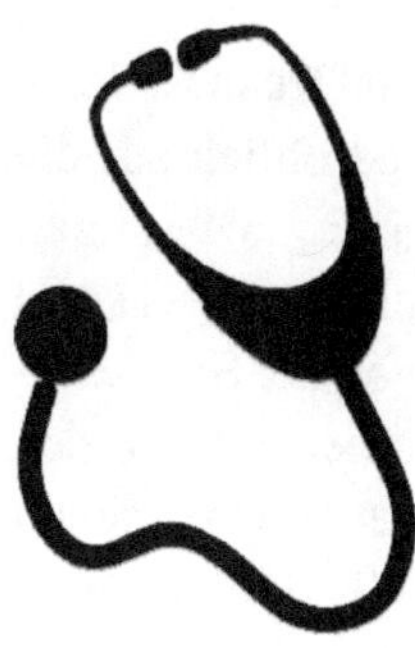

HURRIKAN

Dominik

Seit Tagen liefen die Vorbereitungen auf den Hurrikan, der sich von Süden her über die Atlantikküste wälzte. Seit Juan 2003 erschreckende Verwüstungen auf der Insel hinterlassen hatte, waren die Vorhersagen besser und die Warnungen eindringlicher geworden. Paul war mit Maggie und Butch zur Sicherheit ins Haus seiner Eltern gefahren, da es stabiler gebaut war als ihr Häuschen und nicht so nah an der Küste lag. Dominik war in der Klinik gewesen und hatte bereits vor mehr als einer Stunde nach Hause fahren wollen. Ein Notfall hatte ihn noch aufgehalten und die ersten Ausläufer des Sturms fegten über die Insel. Paul hatte ihm angeboten, ebenfalls zu seinen Eltern zu kommen, doch er wollte das Haus nicht im Stich lassen und hoffte, dass sich der Sturm auf seinem Weg über Nova Scotia bereits abgeschwächt haben würde. Vorsichtig lenkte er den Jeep über die Straße. Immer wieder riss ihm eine Böe das Lenkrad fast aus der Hand und er musste sich konzentrieren, um auf seiner Spur zu bleiben. Es waren nur noch ein paar Kilometer, das musste er schaffen, bevor die Windgeschwindigkeiten ihren Höhepunkt erreichten. In der Ferne erhaschte er einen Blick auf den Ozean, wo sich schäumende Wellen aufbäumten und bedrohlich auf die Insel zurollten. Einen Moment lang war er so fasziniert vom Anblick der ungebändigten Wildheit, dass er zu spät gegensteuerte. Eine Böe fegte den Jeep von der Straße, als sei er nur ein Spielzeugauto und katapultierte ihn in den Kartoffelacker, in dem er auch vor ein paar Wochen schon beinahe gelandet wäre. „Scheiße", fluchte er und versuchte, den Wagen aus dem Feld zu fahren. Wozu hatte er denn Allradantrieb? Doch die Räder drehten durch und matschige dunkle Erde spritzte an die Scheiben. Ein weiterer Windstoß ergriff den Wagen und drohte, ihn umzukippen. Was sollte er tun? Jacob! Kensington war nur ein paar Fahrminuten entfernt. Hektisch griff er nach dem Handy und wählte Jacobs Nummer.

„Dominik."

„Ich bin in Schwierigkeiten. Kannst du mir helfen?" In knappen Worten schilderte er Jacob den Vorfall. Noch bevor er fertig war, hörte er, wie Jacob den Motor anließ. „Ich bin gleich bei dir."

Wenige Minuten später näherte Jacob sich mit dem Abschleppwagen und rangierte ihn so, dass er ein Seil von der Winde lassen und an dem festgefahrenen Jeep befestigen konnte. Dominik beobachtete, wie Jacob mit geübten Bewegungen den Wagen aus dem Schlamm zog und bewunderte das Spiel der sehnigen Muskeln an seinen Armen. Er sah verdammt heiß aus! Für einen Kuss war leider keine Zeit geblieben, der Himmel war schwarz und der Wind nahm stetig an Stärke zu.

„Fährst du mit zu mir? Es ist näher als zu dir." Jacob machte das Seil los und startete probeweise den Wagen.

Dominik schüttelte den Kopf. „Unser Haus ist noch nicht gesichert."

„Dann komme ich mit und helfe dir."

Dominik folgte Jacobs Abschleppwagen und fuhr den Jeep in die Garage, während Jacob in der Einfahrt parkte. Sie kämpften sich durch die Böen, räumten alles, was beweglich war, ins Haus und schlossen die Fensterläden. Jacob fixierte den Grill mit Seilen am Geländer der Veranda. Erleichtert schloss Dominik die Haustür hinter ihnen, als sie endlich fertig waren. Wasser tropfte aus Jacobs Haaren, von seiner Kleidung und bildete eine Pfütze auf den Fliesen.

„Am besten ziehe ich mich gleich hier aus." Jacob zog das T-Shirt über den Kopf und entblößte seinen muskulösen Oberkörper.

„Dann kann ich für nichts garantieren." Dominik leckte sich über die Lippen und ließ den Blick über die gut definierten seitlichen Bauchmuskeln wandern.

„Du triefst auch." Jacob trat einen Schritt auf ihn zu und knöpfte sein Hemd auf. Als er seine warmen Hände auf Dominiks Hüfte legte und ihn zu sich zog, fuhr ein wohliger Schauer durch seinen Körper. Er legte die Arme um Jacobs Hals und küsste ihn. Seit sie sich am Strand zum ersten Mal geküsst hatten, konnte er nicht genug von Jacobs Lippen bekommen. Er hatte vergessen, wie schön es sich anfühlte, jemanden zu küssen, jemanden, der einem etwas bedeutete. Er war süchtig nach Jacobs samtiger Mundhöhle, nach seinem Geschmack und seinem Duft.

Vorsichtig löste Jacob sich von ihm. „Du frierst."

„Nicht, wenn du mich so küsst."

Jacob strich über die Gänsehaut an seinen Unterarmen. „Ich möchte nicht, dass du krank wirst. Außerdem bist du doch sicher hungrig."

„Du bist so fürsorglich wie meine Oma."

„Wenn du dich abgetrocknet und etwas gegessen hast, machen wir weiter, wo wir stehengeblieben sind.“ Jacob strich über die Beule in Dominiks Hose und grinste. „Und dann wirst du sehen, dass ich ganz und gar nicht bin wie deine Oma.“

„In Ordnung.“ Lange musste Jacob Dominik nicht bitten. Er genoss es, von ihm umsorgt zu werden. Sie duschten rasch, zogen trockene T-Shirts und Jogginghosen an, bevor sie Wasser für Spaghetti aufsetzten. Als Dominik noch dabei war, den Tisch zu decken, ging plötzlich das Licht aus.

„Stromausfall“, meinte Jacob. „Das war zu erwarten.“

„Wie lange kann das dauern?“

„Im schlimmsten Fall ein oder zwei Tage.“

„Ernsthaft?“ Es war undenkbar, dass in Berlin der Strom so lange ausfiel, doch die Überlandleitungen auf der Insel waren anfällig und auch ohne Hurrikan hatte Dominik schon einige Stromausfälle erlebt.

„Hast du Kerzen?“

„In der Schublade.“ Im Dunkeln tastete Dominik sich an der Küchentheke entlang und öffnete die Schublade, in der er die Kerzen aufbewahrte, holte drei Stumpenkerzen heraus und zündete sie an.

„Ich rufe nur schnell Ava und Helen an, ob alles in Ordnung ist, dann mache ich das Handy aus. Wer weiß, wann wir es wieder aufladen können.“

In diesem Moment rief Maggie an, um sich zu erkundigen, ob alles in Ordnung sei. „Ja, alles klar. Jacob musste mich zwar aus einem Kartoffelacker ziehen, aber wir sind jetzt im Haus und haben alles gesichert. Und bei euch?“

Nachdem Maggie aufgelegt hatte, rief er in der Klinik an. Der diensthabende Kollege bestätigte ihm, dass der Notstrom lief und alles auf der Station in geordneten

Bahnen ablief. Er erklärte sich bereit, im Krankenhaus zu bleiben, bis sich der Sturm gelegt haben würde.

Jacob hatte in der Zwischenzeit die Spaghetti auf zwei Teller verteilt und ein Glas mit Pesto geöffnet. „Sie sind zwar noch etwas al dente, aber man kann sie essen."

Erleichtert seufzte Dominik, als er sich den ersten Bissen in den Mund schob. Jacob hatte recht gehabt, er war am Verhungern, da er seit dem Frühstück nichts mehr gegessen hatte. Draußen heulte der Wind und zerrte an den Fensterläden, die klappernd gegeneinanderschlugen. Dominik hoffte, dass das Haus dem Sturm ohne größere Schäden standhalten würde. „Ein romantisches Dinner mit Kerzenschein der anderen Art."

„Ich bin nur froh, dass du jetzt im Haus und nicht mehr mit dem Auto unterwegs bist."

„Das bin ich auch. Ich habe mich noch gar nicht für deine Hilfe bedankt. Dass du so schnell kommen konntest, war echt super."

„Kein Problem."

„Und jetzt sitzt du hier mit mir fest."

„Da könnte ich mir Schlimmeres vorstellen." Jacobs Augen funkelten im Schein der Kerzen.

„Viel können wir ohne Strom nicht machen. Fernsehen oder Computerspielen fällt schon mal aus."

„Ich bin mir sicher, wir finden eine Alternative zum Herumspielen an der Konsole."

„Mit ein bisschen Fantasie wird uns da schon etwas einfallen." Plötzlich hatte Dominik keinen Hunger mehr. Zumindest keinen Hunger auf Spaghetti. Er stand auf und zog Jacob hoch. „Möglicherweise fällt auch die Heizung aus. Wir sollten nach nebenan gehen, da habe ich eine warme Decke." Ein ohrenbetäubender Knall, gefolgt von einem Zittern der Wände, ließ sie zusammenfahren.

„Was war das?“ Erschrocken rannte Dominik in jedes Zimmer und dann nach unten in Maggies und Pauls Wohnung, um nachzusehen, was geschehen war. Da er nichts finden konnte, öffnete er die Haustür und ging auf die Veranda. Regen fiel wie ein dichter Vorhang vom Himmel und er konnte kaum bis aufs Meer blicken, das schwarz und bedrohlich vor ihm lag. „Hier ist nichts“, sagte er zu Jacob, der neben ihn getreten war.

„Vielleicht auf der Straße.“ Sie kämpften sich durch den strömenden Regen ums Haus, wo ein Ahornbaum auf die Straße gestürzt und auf ein Auto gekracht war.

„Da sind Leute drin!“ Jacob stürmte auf die Straße. „Schnell, ruf die Feuerwehr.“

Dominik rannte ins Haus, holte sein Handy und rief die Notrufnummer an. Auch beim dritten Versuch ertönte nur das Besetztzeichen. Sein Blick fiel auf den Schlüssel des Abschleppwagens, den Jacob auf die Kommode im Flur gelegt hatte. Rasch griff er danach, rannte ums Haus und drückte Jacob, der vergeblich versuchte, eine Tür des Wagens zu öffnen, den Schlüssel in die Hand. „Ich komme nicht durch. Vielleicht kannst du den Baum wegziehen.“ Drei kreidebleich Gesichter starrten sie durch die Wagenfenster an. Dominik konnte nicht erkennen, ob noch weitere Personen im Wagen waren.

Jacob nickte und rangierte den Abschleppwagen. Gemeinsam versuchten sie, das Seil an dem Baumstamm zu befestigen.

„Du musst beim Wagen bleiben und mir ein Zeichen geben, wenn ich aufhören soll. Ich darf auf keinen Fall das Dach noch schlimmer beschädigen.“

„Wenn du aufhören sollst, hebe ich die Hand.“ Das Heulen des Windes war so stark, dass Jacob seine Schreie nicht hören würde.

„Stell dich nicht zu nahe an den Baum, damit dir nichts passiert.“ Er zog Dominik an sich und gab ihm einen flüchtigen Kuss.

„Ich passe auf“, versprach Dominik.

Langsam und vorsichtig zog Jacob den Baum vom Dach des Wagens. Glücklicherweise war er mit dem Stamm auf die Motorhaube gefallen und das Dach war nur von den Ästen zusammengedrückt worden. Jacob band das Seil am Türgriff fest und bedeutete den Insassen, sich so weit wie möglich von der Tür zu entfernen. Vorsichtig zog er die verbogene Tür auf und sie konnten den Insassen aus dem Wagen helfen. Es waren Dominiks Nachbarn, ein Ehepaar mit einem zehnjährigen Sohn.

„Vielen Dank, stammelte die Mutter und schwankte, als Jacob ihr aus dem Auto half.“ Sie begleiteten die Familie in ihr Haus, Dominik untersuchte sie auf Verletzungen und versorgte einige kleinere Schürfwunden. „Sie haben großes Glück gehabt“, sagte er und seufzte erleichtert, als die drei wohlbehalten auf dem Sofa saßen. Jacob hatte in der Zwischenzeit alle Fensterläden geschlossen und Kerzen angezündet. Er brachte Wolldecken, in die sich die drei kuscheln konnten.

„Nochmals tausend Dank.“ Der Vater schüttelte ihnen die Hand.

„Gerne. Sollte etwas sein, wir sind nebenan.“

Sie kämpften sich zurück durch den Sturm, der noch stärker geworden zu sein schien, und schlossen die Tür hinter sich. Dominik zitterte wie Espenlaub, er war durchnässt bis auf die Knochen und fror entsetzlich. Mit zitternden Händen zogen sie sich die triefenden Kleider aus, trockneten sich ab und schlüpften unter die Decke. Jacob zog ihn in die Arme und presste ihn an sich. Auch seine Haut war kalt, doch nach wenigen Minuten spürte

Dominik, wie das Zittern nachließ und er sich entspannen konnte. „Geht es?“, flüsterte Jacob ihm ins Ohr.

„Ja, langsam wird mir warm.“

Eng umschlungen lagen sie unter der Decke und lauschten dem Heulen des Windes und dem Klappern der Läden. Jacob streichelte seinen Rücken und bedeckte seine Schläfe mit kleinen Küssen. „Ich bin so froh, dass du bei mir bist“, murmelte Dominik träge. Er konnte die Augen kaum noch aufhalten. Kurz darauf war er tief und fest eingeschlafen.

Er erwachte davon, dass Jacob sich aus der Umarmung befreite. Er hörte ihn im Bad und in der Küche. Noch bevor er richtig wach war, kam Jacob mit zwei Gläsern und einer Schachtel Kekse zurück. „Hast du Durst?“

Dankbar griff Dominik nach dem Glas und leerte es mit raschen Zügen. Er war völlig ausgetrocknet gewesen. Sie knabberten einen Keks und kuschelten sich dann wieder unter die Decke. Jacobs Hand strich sanft über seinen Rücken und die Schultern. „Bist du müde?“, fragte er.

„Nicht so müde, dass ich dich daran hindern würde, weiterzumachen.“

Jacob lachte leise, drehte Dominik auf den Rücken und beugte sich über ihn. Während er seine Brustwarze leicht zwischen Daumen und Zeigefinger zwirbelte, bedeckte er seinen Hals mit kleinen Küssen. Mit einem genüsslichen Seufzer legte Dominik den Kopf in den Nacken, um Jacob Platz für diese kleinen Zärtlichkeiten zu machen, die ihm in ihrer ersten Nacht schon so gefallen hatten. Sie brachten ihn in einen schwebenden Zustand zwischen Entspannung und Erregung, der ihn alles um sich herum vergessen ließ. Jacob hielt inne und sah ihn an. Sein Blick sagte alles, wie sehr er ihn begehrte und wie viel er für ihn empfand. Wie gut sich das anfühlte! Seine Seele hatte danach gelechzt, für jemanden bedeutsam zu sein, begehrt und geliebt zu werden. Erst nun, wo er es nach langer Zeit wieder spürte, empfand er, wie sich die Gewissheit, geliebt zu werden, wie heilender Balsam auf seine Seele legte. Sein Herz öffnete sich weit für Jacob, der schon seit ihrer Fahrt entlang der Atlantikküste einen so großen Raum in seinen Gedanken einnahm. Erst seit ein paar Tagen waren sie ein Paar, doch Jacob war ihm so vertraut, als seien sie schon lange zusammen. Die Unsicherheiten und Peinlichkeiten, die den Beginn einer neuen Beziehung kennzeichneten, bis man sich selbst, so wie man war, in den Armen des Partners wohlfühlen konnte, hatten sie übersprungen. Jacob hatte ihm in einer peinlichen Situation beigestanden und ihm Erbrochenes aus dem Gesicht gewischt. Trotzdem war er da und sah ihm verliebt in die Augen. Da gab es keinen Raum mehr für Unsicherheiten.

Jacob beugte sich über ihn und strich mit seinen über Dominiks Lippen, nahm seine Zunge dazu und kitzelte ihn zart. Quälend langsam schob er sie zwischen Dominiks Lippen und neckte ihn. Mit einem ungeduldigen Seufzer zog Dominik ihn näher an sich heran und stupste mit seiner Jacobs Zunge an und drängte ihn zu mehr. Einen Wimpernschlag später küssten sie sich stürmisch und hemmungslos. Jacobs sanftes Streicheln wurde fordernd und seine Hand wanderte zielstrebig an Dominiks Flanken entlang nach unten und griff nach seinem halbsteifen Penis, der sich unter der Berührung sofort aufrichtete. Er schob die Haut vor und zurück und umkreiste mit dem Daumen die Eichel. Leckend und küssend rutschte Jacob an ihm hinunter, knabberte an der Peniswurzel und zupfte mit den Zähnen zart an der empfindlichen Haut. Dominik schloss die Augen und gab sich den Zärtlichkeiten hin. Vorsichtig saugend ließ Jacob den Schaft in seinen Mund gleiten, worauf Dominik sich ihm stöhnend entgegenwölbte. In schneller werdendem Rhythmus bearbeitete Jacob seinen Schwanz, bis Dominik kurz vor dem Orgasmus stand. Jacob musste es gespürt haben, denn er ließ von ihm ab und Dominiks Schwanz zuckte entrüstet vor sich hin. Er hob den Kopf und sah, wie Jacob weiter nach unten rutschte und sich wieder über ihn beugte. Seine Zunge wanderte tiefer über die Eier und an den Eingang. Die zarte Berührung an der überempfindlichen Stelle elektrisierte Dominik, der die Augen wieder schloss und stöhnte. Er gab sich der Erregung und der Lust hin, doch gleichzeitig begann ein zweifelnder Gedanke an ihm zu nagen. Es war schön gewesen, als Jacob in Freeport in ihn eingedrungen war und er würde es auch diesmal genießen. Doch er toppte auch gerne. Er hatte sich immer wieder vorgestellt, in Jacob einzudringen. Würde Jacob das je zulassen? Sie hatten nicht darüber gesprochen, schließlich schliefen sie erst zum zweiten Mal miteinander. Und beim ersten Mal wäre er physisch gar nicht dazu in der Lage gewesen. Auch diesmal hatte Jacob automatisch die dominantere Rolle übernommen, was in Ordnung war. Doch was, wenn für ihn nur diese Rolle in Frage kam. Innerlich schalt Dominik sich selbst, dass er sich den Augenblick mit nutzlosen Gedanken verdarb. Er atmete tief durch und versuchte, sich wieder zu entspannen. Die neckende Zunge war weg und Dominik öffnete erschrocken die Augen.

Jacob sah ihn besorgt an, die Hand lag auf seinem Unterbauch und ein Daumen streichelte zart über seinen Hüftknochen. „Alles in Ordnung?“

„Ja, sorry.“

Jacob streichelte über Dominiks halbsteifen Penis, der ihn Lügen strafte und rutschte dann wieder nach oben, um sich neben Dominik zu legen. Er versuchte, seine Enttäuschung herunterzuschlucken. War es das schon gewesen? Er war selbst schuld. Jacob musste gemerkt haben, wie er sich verspannt hatte.

Jacob streichelte seinen Brustkorb und spielte mit seinen Brustwarzen. „Weißt du, wovon ich geträumt habe?"

Dominik schüttelte den Kopf.

„Davon, wie es sich anfühlt, wenn du in mir bist. Ich möchte, dass du mich fickst. Allerdings habe ich auch ein bisschen Angst davor. Ich war noch nie der passive Part. Bisher habe ich noch nie jemandem genug vertraut, um ihn in mich zu lassen."

Hitze schoss durch Dominiks Körper. „Und mir vertraust du?" Sofort war sein Schwanz wieder hellwach und einsatzbereit.

„Ja, ich wünsche mir, dich so tief in mir zu haben, wie es geht", krächzte Jacob heiser. „Natürlich nur, wenn du das auch willst."

„Oh Gott, ja. Und wie ich das will." Wie ein Presslufthammer schlug Dominiks Herz gegen seine Rippen, als er sich aufrichtete und Jacob sanft in die Kissen drückte. Jacobs harte Brustmuskeln hoben und senkten sich schnell, seine Nasenflügel bebten und seine Augenlider flatterten. „Ich bin vorsichtig und wenn es dir nicht gefällt, können wir jederzeit aufhören", flüsterte Dominik.

Jacob nickte und schloss die Augen. Beruhigend streichelte Dominik ihn und widmete sich ausgiebig seinem Schwanz, bis Jacob sich ihm stöhnend entgegenwölbte und dicke Tropfen aus seiner Eichel quollen. Erst dann ließ er seine Finger sanft durch die Ritze gleiten und streichelte den Eingang. Jacob stellte die Beine auf und ließ die Oberschenkel nach außen fallen.

Das war kein Signal zum Abbruch. Dominik angelte nach der Tube mit Gleitgel und verteilte reichlich davon auf seinen Fingern. Sanft kreisend verstärkte er den Druck auf den Muskel und glitt mit der Fingerspitze hinein. Jacob stöhnte leise und schob ihm das Becken ein Stück entgegen. Massierend und streichelnd weitete Dominik ihn und beobachtete Jacob, der die Augen geschlossen und den Kopf in den Nacken gelegt hatte. Die Adern an seinem Hals pulsierten und schimmernde Röte lag auf seinen Wangen. Er war wunderschön in seiner Erregung und Dominik hatte vor, Jacobs Ekstase noch zu steigern. Er nahm einen weiteren Finger dazu und schob sich so tief in ihn, bis er die Wölbung der Prostata unter der zarten Schleimhaut tasten konnte. Er ließ seine Fingerspitzen auf ihr kreisen. Jacob stieß einen kehligen Schrei aus und riss die Augen auf.

Dominik legte seine andere Hand auf Jacobs Unterbauch und drückte sanft zu, wodurch der Druck auf die Prostata noch zunahm.

„Was machst du mit mir?“, keuchte Jacob.

„Soll ich aufhören?“

„Auf keinen Fall.“ Er warf den Kopf zurück und schob mit dem Becken Dominiks Finger noch tiefer in sich. Vorsperma quoll milchig aus Jacobs Schwanz, auf dem die Adern so stark hervortraten, dass sie zu platzen drohten. Auch Dominiks Schwanz pulsierte heftig beim Anblick der Erregung, die Jacobs Körper im Griff hatte. Er beugte sich vor und flüsterte Jacob ins Ohr. „Willst du von mir gefickt werden?“

„Ja. Fick mich“, flehte Jacob mit abgehackter Stimme.

Dominik zog seine Finger aus ihm, worauf Jacob einen enttäuschten Seufzer ausstieß.

„Ich bin gleich wieder in dir“, versprach Dominik und rollte rasch ein Kondom über seinen Schwanz. Er positionierte seine Eichel an Jacobs Eingang und übte sanften Druck aus. Der Muskel gab nach und er schob sich ein paar Zentimeter vor. Krampfhaft umklammerte der Ringmuskel seinen Schwanz und Jacob sog scharf die Luft ein. Dominik beugte sich vor und suchte Jacobs Lippen, die heiß und trocken waren. Während ihre Zungen sich ineinander verhakten, entspannte Jacob sich wieder und Dominik schob sich weiter vor. Er hielt es kaum noch aus, sich so langsam und vorsichtig zu bewegen. Sein Becken zuckte vor Ungeduld, hemmungslos in Jacob zu stoßen. Allmählich ließ der Druck auf seinen Schwanz nach und Dominik bewegte sich schneller. Stöhnend griff Jacob um seinen Schaft und begann sich im Rhythmus von Dominiks Bewegungen zu stimulieren. „Schneller“, keuchte er. „Fester.“

Das ließ Dominik sich nicht zweimal sagen. Er griff unter Jacobs Kniekehlen und stieß zügellos zu. Jacob krallte sich in seine Oberarme und schien ihn noch antreiben zu wollen. Schweiß perlte von seiner Stirn, er öffnete die Augen und ihre Blicke bohrten sich ineinander.

„Du siehst so heiß aus, wenn du geil bist“, raunte Dominik und presste seinen Unterleib mit aller Kraft gegen Jacobs Becken. Mit jedem Stoß verschmolzen ihre Körper stärker und die Erregung pulsierte durch Dominik, bis Sternchen vor seinen Augen tanzten. Mit einem spitzen Schrei ergoss sich Jacob auf seinen Brustkorb und Jacobs vor Lust verzerrtes Gesicht gab Dominik den Rest. Eine letzte heiße Welle zog sich durch seinen Körper und explodierte in Jacob. Mit einem erleichterten Seufzer ließ er die Anspannung aus seinem Körper fließen. Einen Moment lang verharrte er reglos und beobachtete Jacob, der schwer atmend unter ihm lag, den Kopf zur Seite gedreht und die Augen geschlossen. Er war so schön und so begehrenswert. Und er hatte ihm vertraut und sich ihm hingegeben. Eine Woge der Zuneigung schwappte durch Dominik. Langsam zog er sich aus Jacob zurück, legte sich neben ihn und zog die Decke über sie beide. Jacob öffnete die Augen und sah ihn an.

„Geht es dir gut?“, fragte Dominik leise und streichelte seine Wange.

Jacob nickte, rollte sich auf die Seite und küsste Dominik. Träge streichelten und küssten sie sich, flüsterten sich Zärtlichkeiten ins Ohr und verpuppten sich im Kokon ihrer Liebe, während draußen der Sturm tobte.

SCHNEE

Vier Monate später

Jacob

Während der Kaffee durchlief, beschmierte Jacob eine Scheibe Brot mit Butter und belegte sie mit dem Schinken, den Dominik so gerne mochte. Kaum, dass er fertig war, hörte er, wie Dominik die Treppe heruntersprang. Hektisch griff er nach der Tasse, die Jacob ihm reichte, trank einen Schluck und griff nach Jacobs Handgelenk, um auf die Armbanduhr zu blicken. „Scheiße, es ist schon so spät. Ich muss los. Das Brot esse ich unterwegs."

Jacob griff um seine Taille und zog ihn zu sich. „Für einen Abschiedskuss muss noch Zeit sein." Er legte seine Lippen auf Dominiks, der sich sofort zurückziehen wollte. Doch Jacob entließ ihn nicht aus seinem Griff. „Ein richtiger Abschiedskuss", forderte er und beugte sich wieder vor, um sich einen Kuss zu stehlen. Mit einem leisen Seufzer ließ Dominik sich darauf ein und entspannte sich. Jacob spürte, wie Dominiks Körper in seinen Armen weich wurde und Dominiks Zunge sich neckend zwischen seine Lippen schob. Es amüsierte Jacob jedes Mal, wie Dominik in seinen Armen dahinschmolz. Wenn er es darauf anlegen würde, könnte er ihn jetzt wieder nach oben tragen und verführen. Doch er wollte ihn nicht in Schwierigkeiten bringen und Dominik sollte auch seine Patienten nicht warten lassen. Sie verließen sich auf ihn.

„Guten Morgen, ihr Turteltäubchen“, rief Helen, die Jacob nicht hatte kommen hören. Rasch stieß er Dominik von sich. Noch immer war es ihm unangenehm, wenn seine Großmutter ihn dabei erwischte, wie er Zärtlichkeiten mit Dominik austauschte.

Nachdem sich im vergangenen Herbst der Hurrikan verzogen hatte, fasste Jacob sich ein Herz und gestand Helen und Ava, dass er schwul war. Seine Großmutter nahm es mit Fassung auf. So gelassen, wie sie reagierte, nahm Jacob an, dass sie es bereits gewusst oder zumindest geahnt hatte. Ava freute sich sogar darüber, eine Gemeinsamkeit mit Owen zu haben. Seinem homosexuellen Vater hatte sie nun einen schwulen Bruder entgegenzusetzen. Als er kurz darauf Dominik mit nach Hause brachte, lächelte Helen und meinte: „Einen guten Geschmack hast du, Junge.“

Sie übernachteten mal bei Dominik und mal bei ihm. Unter der Woche war es einfacher für Dominik in Kensington zu bleiben, da der Weg zur Klinik kürzer war. Entgegen Jacobs Befürchtungen fügte Dominik sich problemlos in ihr eingespieltes Leben ein und begegnete Helen unkompliziert und herzlich. So beugte er sich auch nun zu ihr und gab ihr ein Küsschen auf die Wange. „Guten Morgen, Helen. Ich hoffe, du hast gut geschlafen.“

„Danke, habe ich. Und jetzt marsch, sonst kommst du noch zu spät.“

Dominik grinste, griff nach dem Brot und eilte aus dem Haus. Schmunzelnd sah Jacob aus dem Fenster und beobachtete, wie Dominik den Jeep aus der Einfahrt fuhr. Er winkte und schickte ihm noch einen Luftkuss, bevor er um die Ecke bog. Dichte Flocken fielen vom Himmel und hatten den Vorgarten bereits unter einer weißen Decke begraben. Das Telefon klingelte.

„Ich bin's schon wieder."

„Hast du solche Sehnsucht nach mir?"

„Ja, habe ich. Aber deshalb rufe ich nicht an, sondern weil ich eine Bitte habe."

„Du weißt, dass ich dir keine Bitte abschlagen kann."

„Und genau das gedenke ich, auszunutzen." Jacob konnte Dominiks Grinsen förmlich vor sich sehen."

„Was kann ich für dich tun?"

„Maggie hat mir eine verzweifelte Nachricht auf Band gesprochen. Sie hat heute den ersten Ultraschalltermin und traut sich bei dem Schnee nicht zu fahren."

„Um wieviel Uhr soll ich sie abholen?"

„Um zehn. Du bist ein Schatz. Wie kann ich das wieder gutmachen?"

„Da fällt mir bestimmt etwas ein."

„Ich freue mich schon darauf. Bis heute Abend."

„Ich liebe dich."

„Ich dich auch."

Schmunzelnd legte Jacob den Hörer weg. Natürlich fuhr er Maggie gerne zu ihrem Termin. Paul war sicher auch dabei. Die beiden waren wahnsinnig aufgeregt und nervös, seit Maggie bei dem zweiten Versuch einer künstlichen Befruchtung schwanger geworden war. Nach dem ersten gescheiterten Versuch hatten sie doch mit Pauls Eltern gesprochen, die ihnen bei der Finanzierung des zweiten Zyklus geholfen hatten. Und nun war sie in der sechsten Woche schwanger. Er hoffte sehr, dass alles gut ging und die beiden bald Eltern werden würden.

„Ava, bist du fertig?", rief er.

„Gleich“, kam es von oben.

„Sie telefoniert noch mit Owen“, meinte Helen, goss Tee in eine Thermoskanne und packte einen Apfel und Babykarotten für Ava ein. „Er kommt am Wochenende mit seinem Vater, um Aaron beim Packen zu helfen.“ Aaron hatte einen Job in Montreal gefunden und war dabei, in Jeffs Wohnung zu ziehen. „Ava möchte, dass Owen hier übernachtet, aber sie traut sich nicht, dich zu fragen.“

Jacob schluckte. Es mochte nicht darüber nachdenken, dass seine kleine Schwester und Owen …“ Er schüttelte sich. „Dann schlafe ich bei Dominik.“ Er zögerte. „Müssen wir mit Ava ein Aufklärungsgespräch führen?“

„Ich denke sie weiß alles, was sie wissen muss.“

„Vermutlich hat Jeff Owen auch direkt und ohne Details auszusparen über alles informiert.“ Jacob nahm sich vor, trotzdem mit Ava zu sprechen und dafür zu sorgen, dass Kondome in Avas Nachttisch lagen. Nur um sicher zu gehen. Allerdings hoffte er, dass sie noch nicht so weit war und nur mit Owen kuscheln wollte. Schließlich war sie erst sechzehn. Natürlich freute er sich für Ava. Seit der Operation hatte sie sich sehr verändert und war ein ganz anderer Mensch geworden. Sie strahlte Lebensfreude aus und jedes Mal, wenn ihr Lachen durchs Haus klang, ging Jacobs Herz auf. Jahrelang hatte er ihr Lachen vermisst. Erneut schweifte sein Blick aus dem Fenster auf die weiße Pracht. So viel hatte sich verändert, seit vor mehr als einem Jahr der erste Schnee des Winters vom Himmel gefallen war, das Telefon geklingelt und er Dominiks Stimme gehört hatte. Wenn er damals geahnt hätte, wie sehr der Mann auf der anderen Seite der Leitung sein Leben auf den Kopf stellen würde! Dominik war ein Geschenk des Himmels und Jacobs Herz füllte sich mit Liebe, wenn er an ihn dachte. Er freute sich darauf,

Dominik am Abend in die Arme schließen zu können und darauf, mit ihm gemeinsam der Zukunft entgegenzugehen.

Über den Autor

Devan Freeman hat unter einem anderen Pseudonym bereits mehrere erotische Reiseromane und Entwicklungsromane veröffentlicht. Die Buchreihe *Queer Docs* erzählte die Geschichten einer Gruppe junger Berliner Ärzte und ihrer Freunde.

Bisher erschienen:
Samuel – Queer Docs Band 1
Damian – Queer Docs Band 2
Gregor – Queer Docs Band 3
Silvio – Queer Docs Band 4
Adrian – Queer Docs Band 5
Dominik – Queer Docs Band 6

Olaf
(voraussichtlicher Erscheinungstermin Dezember 2020)

Der Autor ist erreichbar unter
Devan77Freeman@gmail.com

Facebook:
https://www.facebook.com/DevanFreemanAutor

Olaf – Queer Docs Band 7

Voraussichtlicher Erscheinungstermin Dezember 2020

Gay Romance – eine zerbrochene Familie, ein Helfer wider Willen und ein Happy End.

Olaf geht in seinem Beruf als Psychiater auf und bevorzugt privat intensive, aber kurze Beziehungen. Mit den Problemen, die langfristige Bindungen mit sich bringen, befasst er sich ausschließlich in der Sprechstunde.

Obwohl er sich sonst nicht um drogenabhängige Jugendliche kümmert, lässt er sich von seinem Kollegen Samuel dazu überreden, den siebzehnjährigen Florian als Patient anzunehmen. Zunächst findet er keinen Zugang zu dem Jungen, doch nachdem er die Büchse der Pandora geöffnet hat, zieht das Unglück, das Florian und seinen Vater getroffen hat, ihn viel tiefer in den Bann, als es gut für ihn ist.

Wird er Florian und seinem Vater Bernd aus der Krise helfen können, ohne dabei selbst zu zerbrechen?

Dieser Band kann unabhängig von den vorherigen Bänden gelesen werden.

www.ingramcontent.com/pod-product-compliance
Lightning Source LLC
LaVergne TN
LVHW091408190726
843491LV00006B/1320

* 9 7 8 3 9 4 7 6 5 1 3 1 3 *